Die drei ???®
und der Fluch des Drachen

Justus Jonas, Peter Shaw und Bob Andrews haben mit ihren spannenden Abenteuern längst Kultstatus erreicht. Ihr Markenzeichen sind die drei ???®. Sie stehen allerdings nicht für Ahnungslosigkeit, sondern für ungelöste Rätsel, mysteriöse Vorkommnisse und Geheimnisse aller Art. Denn die Detektive aus Rocky Beach übernehmen jeden Fall, auch wenn er noch so knifflig ist.

Die drei ???®

Der Fluch des Drachen

Erzählt von André Marx

dtv

Weitere ›Die drei ???®‹-Bände sowie ausführliche Informationen über unsere Autoren und Bücher
www.dtvjunior.de

FSC
www.fsc.org
MIX
Papier aus verantwortungsvollen Quellen
FSC® C019821

Ungekürzte Ausgabe
2016 dtv Verlagsgesellschaft mbH & Co. KG, München

Based on characters by Robert Arthur
Umschlagbild: Cindy Fröhlich
Gesetzt aus der Bembo 11/14·
Gesamtherstellung: Druckerei C.H.Beck, Nördlingen
Gedruckt auf säurefreiem, chlorfrei gebleichtem Papier
Printed in Germany · ISBN 978-3-423-71697-0

Inhalt

Vorsicht, zerbrechlich!

Justus Jonas stand in der glühenden Sonne auf dem Schrottplatz und schwitzte. Er war gerade damit beschäftigt, einen Berg alter Schallplatten in die Kategorien ›vielleicht ein Sammlerstück‹, ›für den Wühltisch‹ und ›wertloser Müll‹ zu sortieren, als ein klappriger alter Mercedes in fleckigem Silber durch das Tor auf den Schrottplatz rollte und mit einem erschöpften Schnaufen zum Stehen kam. Ein Mann in den Dreißigern stieg aus. Er trug einen ausgebeulten braunen Anzug, der perfekt zum Auto passte: Er war altmodisch und näherte sich dem Ende seiner natürlichen Lebenszeit.

Der Mann umrundete den Wagen, öffnete die Beifahrertür, die erst nach leichtem Rütteln nachgab, und hob vorsichtig einen großen Karton vom Sitz. Umständlich umschlang er den Karton und sah sich suchend um.

Da Onkel Titus und Tante Mathilda im Augenblick nirgends zu sehen waren, ließ Justus die Plattensammlung stehen, um sich selbst um den Kunden zu kümmern.

»Kann ich Ihnen helfen, Sir?«

»Ähm, ja, ich würde gern mit dem Besitzer sprechen.«

»Das ist mein Onkel, aber ich weiß nicht, wo er gerade steckt. Vielleicht kann ich Ihnen weiterhelfen, ich arbeite auch hier.« Justus beäugte den Karton. »Möchten Sie etwas verkaufen?«

»Nein.«

»Dann suchen Sie etwas?«

»Auch nicht. Es ist etwas … kompliziert.«

Noch bevor Justus nachhaken konnte, trat Onkel Titus aus dem kleinen Bürohäuschen auf sie zu.

»Lass nur, Justus, ich mach das schon«, sagte er, und Justus kehrte widerstrebend zu seiner Plattensammlung zurück. Die Kartons standen zum Glück nicht allzu weit entfernt, sodass Justus nur angestrengt hinhören musste, um das Gespräch zwischen Onkel Titus und dem Kunden mitzubekommen.

»Also, was kann ich für Sie tun?«

»Johnson«, stellte der Mann sich vor. »Thomas Johnson. Sagen Sie, Sie verkaufen doch Trödel, nicht wahr?«

Onkel Titus lächelte und blickte auf die Berge von altem Kram, die sich überall ringsum auftürmten. »Sieht ganz so aus. Was suchen Sie denn?«

»Nun … nichts. Ich *habe* gesucht. Und gefunden. Deshalb bin ich ja hier. Es ist nämlich so: Meine Freundin, besser gesagt, inzwischen sogar meine Verlobte, ist Sammlerin. Leidenschaftliche Sammlerin, sollte ich vielleicht hinzufügen. Nein, nein, anders, genau genommen ist sie *Jägerin,* wenn Sie verstehen, was ich meine.«

»Äh«, machte Onkel Titus und lächelte. »Ich bin nicht sicher.«

»Was ich damit sagen will: Es geht ihr mehr ums Suchen, ums Jagen und ums Finden als ums Besitzen. Na ja, vielleicht nicht wirklich *mehr,* aber mindestens genauso viel. Oder fast. Ja, fast so viel. Sagen wir: Vierzig Prozent ihres Vergnügens macht das Suchen und Finden aus. Verstehen Sie?«

»Äh …«, machte Onkel Titus erneut, und sein Lächeln hatte mittlerweile etwas Verzweifeltes an sich. Er schielte zu Justus hinüber, der den Wink sofort verstand und die Plattensammlung, die er sowieso nicht mehr beachtet hatte, links liegen ließ und seinem Onkel zu Hilfe eilte. Titus Jonas wusste, dass sein Neffe eine gewisse Begabung hatte, komplizierte Zusammenhänge schnell zu begreifen. In diesem Fall war Justus allerdings nicht sicher, ob er eine große Hilfe sein würde.

»Vielleicht fangen Sie noch einmal von vorne an, ich bin sicher, meinen Neffen interessiert die Geschichte ebenfalls«, schlug Onkel Titus vor und nickte dem Mann aufmunternd zu.

Mr Johnson warf Justus einen skeptischen Blick zu, zuckte mit den Schultern und sagte: »Meinetwegen. Es geht um meine Verlobte. Sie ist Sammlerin. Aber sie hasst es, wenn man ihr etwas für ihre Sammlung schenkt. Den Fehler habe ich einmal gemacht und ihn bitter bereut, denn: Sie konnte sich überhaupt nicht freuen! Weil sie es nicht selbst entdeckt hatte! Verstehen Sie? Es geht ums Jagen, ums Suchen und Finden!«

»Ah ja«, sagte Onkel Titus.

»Sie sind also auf der Suche nach einem bestimmten

Sammlerstück, wollen es aber nicht kaufen, sondern lieber Ihre Verlobte herschicken, damit sie es selber entdecken kann?«, vermutete Justus.

»Ja!«, antwortete Johnson freudestrahlend, doch dann schüttelte er verwirrt den Kopf. »Ah, nein, nein, eben nicht! Ich *habe* es ja schon. Das Sammlerstück, meine ich. Verstehst du?«

»Ich verstehe sehr gut«, erwiderte Justus belustigt. »Sie wollen etwas für Ihre Verlobte hier deponieren. Sie haben vor, ihr ein Geschenk zu machen. Da sie es aber nicht mag, wenn man ihr etwas schenkt, sondern ihre Freude über ein selbst entdecktes Sammlerstück viel größer ist, planen Sie, dass genau das passiert: dass sie es selbst entdeckt. Hier bei uns im Gebrauchtwarencenter.«

»Ja! Genauso ist es!« Diesmal blieb das Strahlen auf dem Gesicht des Mannes.

»Und das Sammlerobjekt, um das es geht, befindet sich vermutlich in diesem Karton.«

»Richtig!«

»Es ist etwas Zerbrechliches, nehme ich an.«

Irritiert blickte Thomas Johnson erst Justus, dann den Karton in seinen Armen und dann wieder Justus an. »Woher weißt du das?«, fragte er misstrauisch.

»Die Art und Weise, wie Sie den Karton halten, weist darauf hin, dass es sich um etwas sehr Kostbares handelt, das leicht zerstört werden könnte.«

»Ah. Ja, genau. Zerbrechlich. *Sehr* zerbrechlich.« Er wandte sich wieder an Onkel Titus. »Meinen Sie, Sie können mir weiterhelfen?«

»Ich denke schon. Um was für ein Sammlerstück handelt es sich denn?«

Mr Johnson blickte sich um, als fürchtete er, beobachtet zu werden, obwohl sich momentan niemand außer ihnen auf dem Schrottplatz aufhielt. Dann stellte er den Karton vorsichtig auf den Boden und begann, ihn auszupacken.

Onkel Titus neigte den Kopf und raunte Justus kaum hörbar zu: »Wie hast du nur herausgefunden, was er wollte?«

Justus grinste und raunte zurück: »Ich habe ihm zugehört, Onkel Titus.«

Dann wurde ihre Aufmerksamkeit wieder auf den Karton gelenkt. Johnson entfernte langsam und vorsichtig Schicht für Schicht zusammengeknülltes Zeitungspapier, das wie Wüstensträucher vom Wind über den staubigen Platz geweht wurde. Mit unendlicher Vorsicht hob er etwas heraus, wobei auch die restlichen Zeitungsfetzen aus dem Karton fielen.

Es war eine Vase. Sie war hoch und schlank, sanft geschwungen und etwa so lang wie Justus' Unterarm. Auf tiefblauem Untergrund schlängelte sich ein weißer chinesischer Drache.

»Oh, die ist ja wundervoll!«, drang eine Stimme über den Schrottplatz zu ihnen. Mathilda Jonas war aus dem Wohnhaus getreten und eilte auf sie zu, den Blick auf die Vase gerichtet. Justus' Tante hatte im Gegensatz zu ihrem Gatten eigentlich nicht viel übrig für die Waren, die sie verkaufte. Was Tante Mathilda antrieb, war nicht die Liebe zum skurrilen, ungewöhnlichen und verstaubten Trödel, sondern ihr Sinn für gute Geschäfte. Und ein solches witterte sie gerade. »Wollen Sie die verkaufen? Ich verspreche Ihnen, wir machen Ihnen einen guten Preis!«

»Ähm, nein«, antwortete Johnson hilflos.

Schnell erklärte Justus seiner Tante die Situation. Die wirkte zunächst enttäuscht, doch dann fuhr Mr Johnson mit seiner Geschichte fort: »Ich habe die Vase bei einer Auktion entdeckt. Sie können sich nicht vorstellen, wie aufgeregt ich war! Seit Jahren sucht Heather… meine Verlobte … nach einer Vase, auf der ein weißer Drache auf blauem Grund zu sehen ist! Bei den meisten chinesischen Vasen mit Drachenmotiv ist es nämlich genau andersherum: blauer Drache auf weißem Grund. Heathers Großeltern stammen aus China, müssen Sie wissen. Und ihre Großmutter erzählte ihr immer Geschichten von Drachen. In China sind Drachen Symbole des Glücks. Und weiße Drachen sind besonders selten. ›Wenn dir ein weißer Drache begegnet‹, hat Heathers Großmutter immer gesagt, ›dann ist das Glück auf deiner Seite. Dann bist du auf dem richtigen Weg.‹ Und … wie soll ich sagen … wir wollen ja heiraten. Deshalb dachte ich, wenn Heather kurz vor unserer Hochzeit einen weißen Drachen findet… hier bei Ihnen auf dem Trödelmarkt …« Thomas Johnson blickte verlegen von einem zum anderen.

Tante Mathilda hatte ganz glasige Augen bekommen. Ihr Sinn für Romantik war das Einzige, was ihren Sinn fürs Geschäft noch übertraf. »Nein, wie wunderbar!«, hauchte sie. »Mr Johnson, das ist die anrührendste Geschichte, die ich je gehört habe! Was für eine zauberhafte Idee! Das heißt aber, Ihre Heather wird nie erfahren, dass sie dieses Sammlerstück eigentlich Ihnen zu verdanken hat, oder?«

Johnson schüttelte den Kopf. »Leider nicht, sonst wäre es ja witzlos.«

»Das muss wahre Liebe sein«, seufzte Tante Mathilda und blickte ihrem Mann versonnen in die Augen. »Hast du so etwas auch schon mal für mich gemacht? Ein Geschenk, von dem ich gar nicht gemerkt habe, dass es eines ist?«

Titus Jonas grinste. »Öfter, als du ahnst.«

Tante Mathilda hakte sich bei ihm unter. »Das habe ich mir gedacht.«

»Ähem.« Justus räusperte sich lautstark. »Kommen wir doch wieder zurück zum Geschäftlichen.«

»Zum Geschäftlichen?«, wiederholte Tante Mathilda empört. »Aber Justus! Wir wollen hier doch kein Geschäft machen! Selbstverständlich erlauben wir dem netten Mr Johnson, seine Vase bei uns unterzustellen! Und selbstverständlich nehmen wir dafür kein Geld!«

»Ja, schon gut, so meinte ich es ja gar nicht, ich dachte nur …« Justus winkte ab. »Vergiss es.«

»Wie lange sollen wir denn die Vase für Sie aufbewahren?«, erkundigte sich Onkel Titus.

»Nur bis morgen«, antwortete Mr Johnson. »Dann hat Heather Geburtstag, und ich werde ihr einen Besuch im Gebrauchtwarencenter Titus Jonas schenken, wo sie sich etwas aussuchen kann. Und dabei wird sie ganz zufällig die Vase entdecken.«

Tante Mathilda klatschte in die Hände. »Wundervoll!«

»Dann müssen wir noch einen Preis ausmachen«, meinte Onkel Titus. »Was soll die Vase morgen kosten?«

»Nun ja, sie darf nicht zu billig sein, sonst wird sie misstrauisch. Andererseits habe ich selbst nicht viel dafür bezahlt. Sie ist nicht wirklich wertvoll, wissen Sie. Sagen wir … zwanzig Dollar? Die behalten Sie dann aber bitte! Sie sollen schließlich auch etwas davon haben.«

»Kommt gar nicht infrage!«, sagte Tante Mathilda sofort. »Sie können ja so *tun,* als würden Sie uns bezahlen, in Ordnung?«

»Na ja … wie Sie meinen. Vielen Dank. Denken Sie nur daran, die Vase nicht versehentlich bis morgen an jemand anderen zu verkaufen!« Mr Johnson lächelte nervös.

»Machen Sie sich keine Sorgen, das wird nicht geschehen!«

»Und ihre anderen Mitarbeiter …«

»Es gibt keine anderen Mitarbeiter, nur uns drei«, erklärte Onkel Titus. »Hin und wieder hilft noch ein junger Mann aus der Nachbarschaft aus, aber der kommt weder heute noch morgen. Es besteht also keine Gefahr.«

»Und Sie passen auch wirklich gut auf das Stück auf?

Ich weiß, ich sagte, sie sei nicht sehr wertvoll, aber für Heather schon, verstehen Sie? Und für mich natürlich. Ich habe so lange danach gesucht! Wenn sie kaputtginge …«

»Aber selbstverständlich, Mr Johnson, wir haben Sie schon verstanden«, versuchte Tante Mathilda den Mann zu beruhigen. »Wir werden die Vase hüten wie … äh … wie einen Schatz!«

Mr Johnson entspannte sich ein wenig.

»Dann müssen wir nur noch einen guten Platz für die Vase finden«, sagte Justus. »Ich nehme an, sie sollte nicht zu offensichtlich präsentiert werden, sondern besser irgendwo versteckt?«

»Ganz richtig, so habe ich mir das gedacht.«

»Kommen Sie, ich weiß einen guten Platz!«, sagte Tante Mathilda und ging zielstrebig über den Schrottplatz, Mr Johnson eifrig hinter sich herwinkend.

Kurz darauf standen sie alle vor einem hohen Holzregal unter der Wellblechüberdachung, die rund um den Schrottplatz am Zaun angebracht war, um die Ware vor Regen zu schützen. Im Regal häuften sich zahllose Tassen, Teller, Schüsseln und Vasen, einige von ihnen schon so staubig, dass Justus sich fragte, wie lange sie hier standen, ohne dass sich jemand für sie interessiert hatte.

»Hier können wir die Vase hinstellen, ohne dass sie weiter auffällt«, meinte Tante Mathilda und streckte die Hände nach dem Sammlerstück aus.

Mr Johnson trat unwillkürlich einen halben Schritt zurück. »Das … ähm … würde ich lieber selbst übernehmen.« Umständlich schob er ein paar Teller beiseite und wieder zurück, nahm einige Untertassen heraus und stellte sie wieder hinein, bis er sich schließlich für einen kleinen freien Platz ganz am Rand des obersten Regalbretts entschieden hatte. Es war so hoch, dass er kaum heranreichte. Er nahm eine in der Nähe liegende Holzkiste, stellte sich darauf und schob die Vase schließlich sehr vorsichtig und umständlich an ihren Platz. Sie war etwas zu breit und ragte ein Stück über das Regalbrett hinaus.

»Ist das nicht ein bisschen … wacklig?«, gab Justus zu bedenken.

»Nein. So steht sie perfekt«, behauptete Johnson.

Justus hätte vielleicht noch widersprochen, doch in diesem Moment radelten seine Freunde Bob und Peter auf den Schrottplatz und winkten. Justus winkte zurück, verabschiedete sich von Mr Johnson mit einem Nicken und ging den beiden entgegen. Hier tat sich ohnehin nichts Spannendes mehr.

Peter machte eine Vollbremsung direkt vor Justus' Füßen, dass sich das Hinterrad hob und er fast über den Lenker ging. »Hi, Just! Sieh mal, meine neue Bremsen! Cool, was?«

»Beeindruckend«, entgegnete Justus ohne jedes Interesse.

»Was machen wir heute?«, fragte Bob.

»Weiß nicht. Auf dem Schrottplatz helfen? Tante Mathilda hat bestimmt ein paar tolle Ideen.« Bob und Peter machten entsetzte Gesichter. Justus lachte. »Das war ein Scherz! Wir könnten zwar alte Platten sortieren, aber das ist nicht so dringend. Ansonsten ist heute nicht viel los. Aber wir hatten gerade einen lustigen Kunden.« Er erzählte den beiden Mr Johnsons Geschichte.

»Ist doch süß«, sagte Bob. »Wo ist denn dieser Johnson?«

»Da fährt er gerade«, antwortete Justus und wies auf den klapprigen Wagen, der in diesem Moment auf die Straße rollte.

»Und die Vase?«

»Kommt mit, ich zeig sie euch!«

»Ach, lasst doch die blöde Vase«, meinte Peter und blieb auf dem Fahrrad sitzen. »Wir haben keinen Fall in Arbeit, und Tante Mathilda hat sich noch nicht auf uns gestürzt und uns mit Arbeit eingedeckt. Wir sollten die Gelegenheit nutzen und uns einen entspannten Tag am Strand machen. Das haben wir seit Wochen vor, ach, was sag ich, seit Monaten! Und ständig kommt etwas dazwischen.«

»*Du* hast das seit Monaten vor«, korrigierte Justus. »Aber meinetwegen, wenn es dir ein solcher Herzenswunsch ist.«

»Ich will die Vase trotzdem sehen«, meinte Bob und folgte Justus zu dem Regal.

»Da oben steht sie. Wartet, ich hol sie mal runter, ich konnte sie mir gerade gar nicht so genau ansehen. Johnson hat sich ziemlich angestellt.« Justus zog einen der alten Gartenstühle heran, die Onkel Titus vor ein paar

Tagen erstanden hatte und die für den Wiederverkauf noch neu lackiert werden sollten.

»So wichtig ist es jetzt auch wieder nicht«, meinte Bob.

»Doch«, widersprach Justus und kletterte auf die Sitzfläche. Der Stuhl ächzte und wackelte. Justus hielt sich am Regal fest.

Auch das Regal wackelte.

Und die Vase.

Noch ehe Justus richtig begriff, was geschah, fiel die Vase auch schon runter.

Er stieß einen entsetzten Schrei aus und griff danach, doch damit stieß er sie nur weiter von sich fort. Bob versuchte sein Bestes, aber er stand zu weit entfernt. Die Vase landete auf dem harten Kiesboden des Schrottplatzes und zersprang.

Die Stille nach dem Knall

Justus, Peter und Bob hielten entsetzt den Atem an. Dem Ersten Detektiv stand der Schrecken deutlich ins Gesicht geschrieben. Niemand sagte ein Wort. Die Stille nach dem Knall war beinahe unheimlich. Doch sie dauerte nur ein paar Herzschläge. Dann brachte Justus röchelnd ein erstes Wort heraus: »Verflixt!«

Bob und Peter, der nun vom Fahrrad stieg, starrten ihn an. »Verflixt?«, wiederholte Peter. »*Verflixt?* Ist das alles, was dir dazu einfällt? Justus, du bist ein solcher Idiot! Das ist nicht verflixt, das ist ein Riesenhaufen Sch-«

»Scherben«, beendete Bob den Satz. »Und was für einer. Mensch, Just, das gibt Ärger. Das gibt richtig dicken Ärger.«

Justus, der noch immer auf dem Stuhl stand und die ganze Zeit mit kalkweißem Gesicht auf die zersprungene Vase gestarrt hatte, hob nun den Kopf und blickte sich panisch um. »Onkel Titus und Tante Mathilda! Wo sind sie?«

»Keine Ahnung«, meinte Bob. »Deine Tante ist vorhin ins Haus gegangen und dein Onkel… dahinten steht er und hämmert auf einem alten Schrank herum. Sieht nicht so aus, als hätte er etwas mitbekommen.«

»Und das muss auch so bleiben!« Justus kletterte mit

wackligen Beinen vom Gartenstuhl herunter. »Schnell, helft mir, die Scherben aufzusammeln! Nun los doch!«

»Aber wozu denn?«, fragte Peter. »Willst du sie etwa wieder zusammenkleben und hoffen, dass es keiner merkt?«

»Hilf mir einfach, okay?«, fauchte Justus ihn an.

Peter wagte nicht zu widersprechen und half gemeinsam mit Bob, die Scherben aufzusammeln. Es waren etwa fünfzehn große und dreißig kleine. Und eine Menge winzige. Nachdem sie alle bis auf die winzigen aufgesammelt hatten, tilgte Justus die Spuren auf dem Kiesboden mit dem Fuß und eilte zur Zentrale hinüber, eifrig darauf bedacht, weder von Onkel Titus noch von Tante Mathilda gesehen zu werden.

Die Zentrale war das Hauptquartier der drei und gleichzeitig ihr Detektivbüro. Eigentlich war es ein riesiger Campinganhänger, den sie vor langer Zeit von Onkel Titus geschenkt bekommen hatten. Die drei Detektive hatten ihn mit Schrott und Altmetall überhäuft. Seitdem war die Zentrale nur über Geheimgänge zu erreichen. Justus lief zu einem scheinbar zufällig inmitten des übrigen Schrotts stehenden, mannshohen alten Kühlschrank und öffnete ihn. Der Kühlschrank war leer. Aber die Rückwand ließ sich zur Seite klappen. Dahinter lag, komplett unter Schrott begraben, ein kurzer dunkler Tunnel aus Wellblech, der zum Haupteingang des Anhängers führte. Justus öffnete die Tür, betrat die Dunkelheit der Zentrale und schaltete das Licht ein. »Schnell!«, sagte er, ohne genau zu wissen, warum er es so eilig hatte, schließlich konnte sie nun niemand mehr sehen. Er ging in den hinteren Teil des Anhängers, wo eine weitere Tür in ihr Kriminallabor führte. Auf dem Tisch standen allerlei Gerätschaften, die vor allem Bob, der dritte Detektiv, zum Entwickeln von Fotos benutzte. Justus schob sie kurzerhand zur Seite und breitete die Scherben auf dem Tisch aus. Peter und Bob taten es ihm gleich. Schweigend besahen sie sich eine Weile die Bescherung.

»Auweia, Just, ich möchte nicht in deiner Haut stecken.«

»Danke für deinen erbaulichen Zuspruch, Bob«, erwiderte Justus, ohne den Blick von dem Scherbenhaufen zu wenden.

Wieder breitete sich eine unangenehme Stille aus, bis Peter zaghaft fragte: »Du willst das Ding doch nicht wirklich kleben, oder, Justus?«

»Quatsch!« Justus wandte sich um und trottete aus dem Labor. Vor dem Schreibtisch ließ er sich in einen alten Sessel fallen und vergrub das Gesicht in den Händen. »Mr Johnson bringt mich um«, murmelte er kaum hörbar. »Ach, was sage ich: *Tante Mathilda* bringt mich um! Und Mr Johnson! Gott, ich habe die blöde Vase nicht einmal *berührt*!«

»Ja, das sieht man«, sagte Peter leise und zupfte eine kleine Scherbe, die sich dort verhakt hatte, von seinem T-Shirt. Unschlüssig drehte er sie zwischen den Fingern und legte sie schließlich auf den Schreibtisch, wo Justus sie sogleich zur Hand nahm und ebenso unschlüssig zwischen den Fingern drehte. »Was mache ich denn jetzt?«

Bob und Peter tauschten einen schnellen Blick. Die drei Detektive waren schon häufig in unangenehmen, ja sogar lebensgefährlichen Situationen gewesen. Doch Justus hatte bisher immer einen kühlen Kopf bewahrt. Umso beunruhigender war es, ihn nun so verzweifelt zu sehen. »Jetzt sagt doch mal was!«

»Tja, Just, ich fürchte, da kannst du nicht viel machen. Die Vase ist hin. Das musst du Mr Johnson wohl oder übel beichten.«

»Ihr habt ihn nicht erlebt. Er machte den Eindruck, als würde seine Heather ihn nur dann heiraten, wenn sie diesen weißen Drachen findet! Wenn ich ihm sage, dass das Teil hinüber ist, bringt er entweder mich um – oder sich selbst.«

»Und wenn du ihm stattdessen etwas anderes aus eurer Porzellanabteilung anbietest?«, fragte Peter. »Eine ganz ähnliche Vase vielleicht, die seiner Freundin genauso gefällt?«

Justus blickte den Zweiten Detektiv einen Augenblick lang an, als habe er nicht mehr alle Porzellantassen im Schrank. Doch dann erhellte sich sein Gesicht. »Natürlich, das ist die Idee! Wir besorgen einen Ersatz!«

»Moment mal, Just, hast du nicht erzählt, dass dieses Ding mit dem chinesischen Drachen irgendwie selten ist oder so?«

»Weißer Drache auf blauem Grund, ja«, erwiderte Justus. »Normalerweise ist es andersrum. Das hat zumindest Mr Johnson behauptet. Aber mein Gott, wie selten kann das schon sein?«

»Selten genug, dass seine Freundin, die immerhin Sammlerin ist, jahrelang danach gesucht hat.«

»Stimmt. Uns bleiben nur gut vierundzwanzig Stunden. Dafür haben wir den unschlagbaren Vorteil der Erfahrung auf unserer Seite.«

»Moment mal«, bremste Peter den Ersten Detektiv. »Ich höre immer nur ›wir‹ und ›Erfahrung‹. Erstens: Was haben wir mit chinesischen Vasen zu tun? Zweitens: Was habe ganz speziell ich mit chinesischen Vasen zu tun?«

»Bisher nichts. Aber es ist nicht von der Hand zu weisen, dass wir als Detektive schon häufig Gegenstände aufspüren mussten, die verschwunden waren. Und darin haben wir eine gewisse Übung, das musst du zugeben.«

»Die Vase ist nicht verschwunden, sie ist kaputt.«

»Nun mach's doch nicht so kompliziert, Peter: Wir brauchen eine chinesische Vase, auf der ein weißer Drache auf blauem Grund abgebildet ist. Es muss nicht einmal genau die gleiche sein, eine sehr ähnliche würde schon reichen. Ich glaube nicht, dass Mr Johnson den Unterschied merken würde, schließlich ist nicht er der Sammler, sondern seine Freundin. Und die wiederum kennt die Vase bis jetzt noch gar nicht, also dürfte ihr die Täuschung nicht weiter auffallen. Da die Vase laut Johnson nicht einmal besonders wertvoll ist, sondern lediglich schwer zu finden, haben wir also auch kein finanzielles Problem. Wir müssen bloß eine auftreiben. Und zwar bis morgen.«

»Hier auf dem Schrottplatz?«

»Nein, nicht hier. Ich bin sicher, dass wir keine Vase dieser Art hier haben, das wäre Tante Mathilda sofort aufgefallen. Wir müssen woanders suchen.«

»Und wo?«

»Überall.«

»Just«, meldete sich Bob zu Wort. »Ich bremse dich ja nur ungern in deinem Eifer, aber … ist das nicht … Betrug?«

Justus seufzte schwer und stand auf. »Bob«, sagte er ruhig. »Betrug wäre es, wenn wir uns dadurch irgendwie bereichern würden. Aber das tun wir nicht. Wir verhindern lediglich das Schlimmste. Nämlich, dass mir der Kopf abgerissen wird. Wenn wir eine Ersatzvase finden, ist alles gut. Niemand kommt zu Schaden, niemand wird den Unterschied bemerken, alles ist bestens.«

Bob räusperte sich. »Okay. Wie du meinst.«

»Soll das jetzt etwa heißen, dass der Nachmittag am Strand schon wieder ausfällt?«, fragte Peter genervt.

»Das heißt es wohl, fürchte ich«, antwortete Justus. »Schließlich haben wir einen neuen Fall zu bearbeiten.«

»Einen Fall … na ja … einen Fall würde ich das nicht gerade nennen.«

»Ein Fall ist ein Fall, sobald der Auftraggeber ihn als solchen bezeichnet«, behauptete Justus. »Und ablehnen dürfen wir ihn nicht, das verbietet unser Wahlspruch.« Er fischte eine ihrer Visitenkarten aus den Papierstapeln auf dem Schreibtisch und hielt sie Peter unter die Nase:

»Ich *kenne* unsere Karte«, knurrte Peter. »Aber du vergisst einen entscheidenden Punkt: Wir haben keinen Auftraggeber. Also haben wir auch keinen Fall.«

»Doch«, widersprach Justus. »Der Auftraggeber bin ich. Und jetzt haben wir genügend Zeit vertrödelt. Es ist fünf Uhr nachmittags. Wir haben noch ein paar Stunden, um die Antiquitätenhändler und Porzellangeschäfte in der Umgebung abzuklappern. Am besten nehmen wir den Hinterausgang, damit wir nicht Tante Mathilda auf dem Schrottplatz in die Arme laufen. Womöglich hat sie doch noch Arbeit für uns und lässt uns nicht gehen. Auf geht's, Kollegen!«

»Moment, Just, wir müssen durchs Kalte Tor, unsere Räder stehen noch auf dem Platz!«

»Na schön, Bob, dann aber nichts wie ab durch die Mitte!«

Sie verließen die Zentrale auf dem gleichen Weg, auf dem sie gekommen waren, und standen wieder in der warmen Nachmittagssonne. Alle drei eilten zu ihren Rädern. Peters Mountainbike war direkt vor dem unseligen Regal geparkt. Und daneben stand Tante Mathilda, mit einem Staubtuch bewaffnet, und strahlte die drei Detektive gut gelaunt an. »Na, Jungs, auf dem Weg zum Strand?«

»Äh … ja«, antwortete Justus unsicher. Sein Blick flackerte dorthin, wo zuvor die Vase gestanden hatte und nun eine riesige Lücke klaffte.

»Recht so, macht euch einen netten Tag bei dem schönen Wetter! Hier ist heute ja nicht viel los. Sag mal, Justus …«

Jetzt kommt's, dachte Justus und schluckte. »Ja, Tante Mathilda?«

»Ich hatte dich doch gebeten, die Schallplatten zu sortieren. Das kannst du erst mal bleiben lassen, ich habe einen wichtigeren Auftrag für dich.« Sie klaubte etwas Winziges vom Regal und hielt es Justus zwischen Daumen und Zeigefinger entgegen.

Justus konnte gar nichts erkennen. »Was ist das?«

»Das ist Mäusedreck! Und das ganze Regal ist voll damit! Ich wollte es abstauben, weil es vorhin so peinlich war, als Mr Johnson darin herumgefuhrwerkt hat. Seine Ärmel sind ganz schmutzig geworden, hast du das gesehen? Das Geschirr ist seit Jahren nicht mehr sauber gemacht worden, schlimm, schlimm. Jedenfalls fange ich gerade an, und was sehe ich? Mäusekot! Alles voll! Das geht mir wirklich zu weit. Ich habe ja nichts gegen Mäuse. Aber die sollen sich woanders tummeln, nicht hier bei uns auf dem Schrottplatz! Dieses Viehzeug muss weg.«

»Aha.«

»In einer der alten Kommoden da drüben steht eine Kiste mit Mausefallen. Wäre nett, wenn du die heute Abend noch aufstellen würdest. Das wäre doch gelacht!«

»Sind es wenigstens welche, die die Mäuse lebendig fangen?«

»Lebendig?« Tante Mathilda lachte. »So ein neumodischer Schnickschnack! Es sind Mäuse, Justus, keine vom Aussterben bedrohte Art!«

»Ich habe halt Mitleid mit der Kreatur.«

»Mit uns solltest du Mitleid haben! Wenn das nämlich so weitergeht mit der Mäuseplage, können wir den Laden bald dichtmachen. Dann kommt nämlich keiner mehr. Wer will schon Mäusedreck in seiner Kaffeetasse haben, die er gerade bei uns gekauft hat! Also, Justus, sei so lieb und stell die Fallen auf!«

»Mach ich«, versprach Justus und suchte das Weite.

Als die drei ??? außer Hörweite waren, raunte Bob: »Ich dachte schon, deine Tante hätte was gemerkt. Glück gehabt!«

Sie waren gerade bis zum Tor gekommen, als Tante Mathilda sie zurückrief: »Justus! Warte mal!«

Einen Moment lang überlegte der Erste Detektiv, ob er so tun sollte, als hätte er sie nicht gehört, doch dann kehrte er mit klopfendem Herzen zu seiner Tante zurück. »Ja, Tante Mathilda?«

Mathilda Jonas wies auf die leere Stelle auf dem obersten Regalbrett und sah Justus durchdringend an.

»Sag mal, wo ist denn Mr Johnsons Vase geblieben?«

Justus schluckte. »Die … äh, was?«

»Die Vase, Justus! Die dieser nette Herr vor gerade mal zwanzig Minuten vorbeigebracht hat! Sie ist weg!«

»Ach so, ja, klar, die Vase!«, antwortete Justus und überlegte fieberhaft. »Ich habe sie in Sicherheit gebracht.«

»In Sicherheit? Was soll das heißen?«

»Sie ist in unserer Zentrale. Wir dachten, dass sie da oben … na ja, dass sie da vielleicht etwas wacklig steht. Und wenn es heute Nacht windig wird, wird sie vielleicht heruntergeweht.«

Tante Mathilda runzelte die Stirn und blickte erst in den wolkenlosen Himmel und dann zu einem Baum an der Straße, dessen Blätter sich nicht regten. »Da müsste es aber schon sehr windig werden!«

»Oder eine herumstreunende Katze klettert auf das Regal und schmeißt sie herunter! Könnte doch sein. Bei den ganzen Mäusen. Man kann nie wissen, oder? Und Mr Johnson war diese Sache so wichtig, da dachte ich …« Justus verstummte.

»Du dachtest: Nicht auszudenken, wenn die Vase kaputtginge!«, half Tante Mathilda ihm auf die Sprünge.

»Ja. Genau.«

»Da hast du allerdings recht. Das wäre schrecklich!

Was dieser Mann alles für seine Verlobte tut, hach, da wurde einem ja ganz warm ums Herz. Ich würde es mir nie verzeihen, wenn die Vase hier bei uns Schaden nehmen würde.«

»Siehst du – genau mein Gedanke. Deshalb habe ich sie in Sicherheit gebracht.«

»Ich verstehe. Justus, ich muss sagen, ich finde es sehr löblich, dass du dich so um das private Glück deiner Mitmenschen sorgst. In letzter Zeit hatte ich ja manchmal das Gefühl, dass dich so etwas gar nicht mehr kümmert. Dass du nur noch mit deinem … Detektivkram und so beschäftigt bist. Aber da habe ich mich wohl getäuscht. Du entwickelst dich wirklich zu einem verantwortungsbewussten, hilfsbereiten jungen Mann. Ich bin sehr stolz auf dich.«

Justus schluckte schwer. »Ich muss dann mal los.«

»Jaja, natürlich, bis später dann! Viel Spaß!«

Justus machte kehrt und lief zu Bob und Peter zurück. Gemeinsam verließen sie den Schrottplatz. »Und?«, fragte Peter gespannt. »Hat sie was gemerkt?«

Justus schüttelte wortlos den Kopf. Er konnte nicht sprechen. Ein dicker Kloß saß ihm im Hals, und er hatte das Gefühl, dieser Kloß wurde immer größer. »Alles in Ordnung«, brachte er schließlich krächzend heraus. Doch weder Bob noch Peter glaubten ihm.

Ihr erstes Ziel war Santa Monica. Bob war eingefallen, dass es dort in der Nähe der Strandpromenade ein paar Läden gab, die zwar hauptsächlich Souvenirs und Touristenschnickschnack verkauften, aber hier und da auch Kunsthandwerk und Antiquitäten anboten.

Hoffnungsvoll betraten sie ein kleines Geschäft, das sie sehr an den Schrottplatz erinnerte: Der Laden war bis unter die Decke vollgestopft mit Trödel, und die Regale und Schränke standen so dicht beieinander, dass der Erste Detektiv mit seiner Figur Mühe hatte, sich einmal um die eigene Achse zu drehen, ohne alles Mögliche herunterzureißen. Eine kleine, rundliche Frau kam ihnen entgegen. Sie war um einiges dicker als Justus und bewegte sich mit schlafwandlerischer Sicherheit durch das Chaos. »Guten Tag, was kann ich für euch tun?«

»Wir sind auf der Suche nach einer chinesischen Vase«, sagte Bob. »Mit Drachenmuster.«

»Da habt ihr Glück, Jungs. So etwas habe ich da. Moment!« Sie quetschte sich zwischen einem vollgestopften offenen Schrank und einem wackligen Tisch hindurch, der so überladen war, dass sich die Beine bedrohlich zur Seite bogen, und fischte aus einer staubigen Ecke etwas hervor. Es war eine chinesische Vase. Und sie hatte ein Drachenmuster. Unglücklicherweise zeigte es nicht einen großen weißen Drachen auf blauem Grund, sondern acht kleine blaue Drachen auf weißem Grund. Und die Vase war gerade nur halb so groß wie die, die sie suchten. Bob schüttelte bedauernd den Kopf.

»Tja, tut mir leid, eine andere habe ich nicht. Aber wenn ich dir einen Tipp geben darf: Probier es mal in Rocky Beach! Da gibt es einen großen Trödelladen, na ja, eigentlich eher ein Schrottplatz als ein Laden, und der Besitzer ist etwas verschroben, aber dort findet man alles, was man sich nur vorstellen kann!«

»Danke«, sagte Bob und warf Justus einen unsicheren Blick zu. »Werden wir uns merken.«

Der zweite Laden, in dem sie landeten, bot fast ausschließlich altes Porzellan und Silberbesteck an. Die Auswahl an Vasen war nicht groß, aber es gab drei chinesische Stücke. Sie hatten die falsche Form, die falsche Größe, die falsche Farbe und das falsche Muster, nämlich Lotusblüten statt Drachen. Als Justus nachfragte, ob es noch mehr gebe, verneinte die nette Verkäuferin. »Aber versucht es doch mal bei Titus Jonas in Rocky Beach! Dort geht meine Tante immer hin, wenn sie irgendwas sucht. Die haben zwar fast nur Schrott, aber manchmal findet man auch ganz schöne Sachen.«

Justus räusperte sich. »Ah ja, ich weiß, welchen Laden Sie meinen!«, sagte er gespielt freundlich. »Ziemlich chaotisch dort, nicht wahr?«

Die Verkäuferin nickte.

»Und der Typ, dem der Laden gehört, ist einigermaßen durchgeknallt, stimmt's?«

»Ja, genau der!«, stimmte sie erfreut zu.

»Türmt seit Jahren unnützen Krempel um sich herum auf und begeistert sich für den hässlichsten Müll, den man sich nur denken kann.« Justus lachte.

Die Verkäuferin lachte auch. »Ja, ja, so könnte man sagen.«

»Ich kenne den Laden«, sagte Justus und wurde ernst. »Er gehört meinem Onkel.«

Als Nächstes steuerten die drei ??? ›Burns Antikmarkt‹ an, ein Geschäft, das eigentlich klar über ihrer Preisklasse lag: In den Schaufenstern (die aus Sicherheitsglas bestanden, wie Peter feststellte) waren goldene Uhren und Schmuck ausgestellt, und keines der Stücke war für weniger als vierhundert Dollar zu haben. Doch Bob erinnerte sich, dort schon einmal chinesische Vasen gesehen zu haben. »Fragen kostet nichts«, meinte er.

Als die drei ??? seinen Laden betraten, schlug ihnen der Geruch von alten Polstern und Holzpolitur entgegen. Das Läuten der kleinen Messingglocke über der Tür lockte Mr Burns, einen älteren Herrn in einem tadellos weißen und frisch gebügelten Hemd, aus einem Hinterzimmer hervor. Misstrauisch beäugte er die drei Jungen über den Rand seiner schmalen Brille hinweg und zog sich hinter die Theke zurück, wohl um in Reichweite seines Alarmknopfes zu bleiben, wie Justus vermutete.

»Guten Tag«, sagte der Erste Detektiv höflich. »Wir sind auf der Suche nach einer chinesischen Vase. Etwa so groß. Verziert mit einem weißen Drachen auf blauem Grund.«

Mr Burns hob überrascht die Augenbrauen und entspannte sich ein wenig. »Interessant«, sagte er. »Darf ich fragen, woher euer Interesse an einer solche Vase rührt?«

»Ich habe eine kaputt gemacht und brauche nun einen Ersatz, bevor meine Tante was merkt«, antwortete Justus geradeheraus.

»Ich verstehe. Das ist … unangenehm.«

»In der Tat.«

»Wie, sagtest du, muss die Vase aussehen?«

Justus beschrieb sie erneut und so detailliert er konnte.

»Äußerst erstaunlich«, sagte Mr Burns. »Ich habe keine solche Vase. Aber ich habe erst kürzlich eine gesehen, die deiner Beschreibung sehr, sehr nahekommt.«

»Tatsächlich?«, rief Justus aufgeregt. »Wo?«

»Bei einem Kunden. Allerdings …« Mr Burns lächelte bedauernd. »Allerdings wird euch das nicht viel nützen, denn das Stück war eine echte Ming-Vase. Genauer gesagt aus der Xuande-Periode. Fast sechshundert Jahre alt und absolut makellos.«

»Ming? Xuande?«, fragte Peter verständnislos.

»Xuande war ein chinesischer Kaiser in der Ming-Dynastie«, erklärte Justus. »Vierzehnhundertirgendwas, wenn ich mich nicht irre. Chinesisches Porzellan wurde fast immer für die kaiserlichen Paläste hergestellt, und während der Ming-Dynastie erlebte dieses Kunsthandwerk seine erste Blütezeit. Damals kannten nur die Chinesen das Geheimnis der Porzellanherstellung. Hunderttausende Vasen, Teller und Schüsseln wurden in jener Zeit hergestellt, weshalb auch heute noch etliche davon erhalten sind.«

»Im Falle einer Vase mit Drachenmuster kann man sogar davon ausgehen, dass sie tatsächlich für den Kaiser selbst bestimmt war«, fuhr Mr Burns fort, dessen Zweifel an der Rechtschaffenheit der drei ??? durch Justus' kleinen Vortrag offenbar verflogen war. »Der Drache ist in der chinesischen Kultur ein Symbol für Glück, für Macht – und für den Kaiser. Die Einzigartigkeit einer echten Ming-Vase macht sie natürlich sehr wertvoll.«

»Wie wertvoll?«, hakte Peter nach.

Mr Burns dachte kurz nach. »Die, die mir angeboten wurde, würde ich auf mindestens zwanzigtausend Dollar schätzen, eher mehr.«

Justus, Bob und Peter schnappten hörbar nach Luft. »Zwanzigtausend!? Tja, damit hätte sich das dann wohl erledigt«, meinte Bob. »Wir hatten an eine etwas preisgünstigere Variante gedacht. Es muss ja keine echte Ming-Vase sein. Es reicht, wenn sie so aussieht wie eine.«

»Tut mir wirklich sehr leid, Jungs. Aber ich handle nur mit… gewissen Werten.«

Die drei ??? bedankten sich bei Mr Burns und verabschiedeten sich. Als sie die Tür erreicht hatten, fiel Mr Burns noch etwas ein: »Wenn ihr eine günstige Alternative sucht, dann versucht es doch mal –«

Justus verdrehte die Augen. »Wenn Sie mir jetzt diesen merkwürdigen Schrottplatz von diesem komischen Kauz in Rocky Beach empfehlen wollen: Das ist mein Onkel.«

Mr Burns schüttelte verwirrt den Kopf. »Ich meinte eigentlich Chinatown.«

»Chinatown«, stöhnte Bob, nachdem sie den Laden verlassen hatten. »Natürlich! Da gibt es massenhaft Läden mit chinesischem Zeug! Darauf hätten wir auch selbst kommen können! Fahren wir gleich hin?«

Justus verzog das Gesicht. »Zu weit. Mit den Fahrrädern sind wir mindestens zwei Stunden unterwegs!«

»Du bist zwei Stunden unterwegs«, korrigierte Peter. »Bob und ich schaffen es auch in einer.«

»Fein. Dann fahrt doch schon mal vor. Ich radle derweil gemütlich zurück nach Rocky Beach, schnappe mir deinen Wagen und komme dann nach.«

Sie einigten sich schließlich darauf, doch gemeinsam zurückzufahren, da Peter den Ersten Detektiv ungern ans Steuer seines MG lassen wollte.

Eine halbe Stunde später erreichten sie den Schrottplatz. Inzwischen hatte die Dämmerung eingesetzt und Tante Mathilda saß bereits im Bürohäuschen und machte die Tagesabrechnung. Als sie sah, wie die drei Detektive durch die Einfahrt rollten, erhob sie sich kurz und rief: »Justus, würdest du bitte gleich das Tor schließen? Wir machen Feierabend!«

»Klar, Tante Mathilda!«

Justus parkte sein Rad und seufzte schwer. »Ich zucke jedes Mal zusammen, wenn Tante Mathilda nach mir ruft. Ständig denke ich, dass sie es rausgefunden hat. Gott, was mache ich bloß, wenn wir *keinen* Ersatz auftreiben?«

»Du könntest immer noch nach Europa auswandern«, witzelte Bob.

»Oder nach China«, bemerkte Peter.

»Haha, sehr witzig.«

Sie schlenderten zum Eingang zurück und schoben die schweren schmiedeeisernen Torflügel zu. Justus drehte gerade den Schlüssel im Schloss herum, als ein schäbig aussehender roter Chevrolet an der Straße hielt. Ein Mann stieg aus und ging zielstrebig auf das Tor zu. Er war klein und ein wenig untersetzt und trug einen fadenscheinigen schwarzen Anzug. Am merkwürdigsten war seine Prinz-Eisenherz-Frisur, die beinahe aussah wie ein Toupet. »Stopp!«, rief er und verfiel in einen Laufschritt, der ihn schon nach wenigen Metern ins Keuchen brachte.

»Tut mir leid, wir haben geschlossen«, entgegnete Justus freundlich. Er wusste, dass Tante Mathilda es hasste, wenn während ihrer Abrechnung noch Kunden kamen.

»Geschlossen? Oh, das ist sehr bedauerlich, ich bin extra aus Oxnard hierhergefahren, um das … äh …« Er schielte auf das Schild an der Straße. »… das Gebrauchtwarencenter T. Jonas zu besuchen.«

»Wie schon gesagt, das tut mir sehr leid, aber –«

»Es würde auch nicht lange dauern!«

Justus rang einen Moment mit sich. »Suchen Sie denn etwas Bestimmtes?«

»Ja. Ich sammle alte chinesische Vasen. Und so etwas habt ihr doch sicherlich, oder?«

Justus' Reaktion war eher ein Reflex. Er hatte sich in den letzten Stunden so sehr davor gefürchtet, dass Tante Mathilda oder Onkel Titus ihm auf die Schliche kamen, dass er ganz automatisch sagte: »Nein, ich fürchte, so etwas führen wir nicht.« Sein Herzschlag beschleunigte sich erst, nachdem er geantwortet hatte.

»Bist du sicher?«, hakte der Mann misstrauisch nach.

»Ja. Ich arbeite hier.«

Die bemühte Freundlichkeit des Kunden war verflogen, als er sagte: »Dürfte ich mal deinen Chef sprechen?«

»Mein Chef ist mein Onkel, und ich glaube kaum, dass er Ihnen etwas anderes erzählen wird«, gab Justus säuerlich zurück. »Ich würde trotzdem gern …«

»Justus!«, rief Onkel Titus von irgendwo, und Justus drehte sich um. »Gibt es Probleme?«

»Ähm, nein, eigentlich –«

»Sind Sie Mr Jonas?«, rief der Mann mit der Prinz-Eisenherz-Frisur durch das Gitter des Tores.

»Der bin ich!« Onkel Titus kam näher, unauffällig gefolgt von Bob und Peter, die jetzt erst mitbekommen hatten, dass irgendwas im Gange war. Schließlich standen sie alle neben dem Ersten Detektiv. »Was gibt es denn?«

Prinz Eisenherz räusperte sich. »Ihr Neffe war gerade dabei, mir das Tor vor der Nase zuzuschlagen –«

»Das ist nicht wahr!«

»Jedenfalls will ich mich nur kurz bei Ihnen umsehen«, fuhr er eine Spur freundlicher fort. »Nach einer chinesischen Vase, um genau zu sein. Das ist doch sicherlich möglich, nicht wahr?«

Peter sog hörbar die Luft ein, wofür er einen unauffälligen Rempler von Bob kassierte, doch Onkel Titus blieb die Ruhe in Person. »Ich bedaure, aber wir haben im Augenblick keine chinesische Vase am Lager.«

»Wie bitte?«

»Aber es kommt immer mal wieder etwas in der Richtung herein. Wenn Sie mir Ihre Telefonnummer hinterlassen, könnte ich Sie anrufen, sobald ich eine Vase finde.«

»Hören Sie mal, guter Mann!« Prinz Eisenherz' Fassade der Höflichkeit brach ein zweites Mal in sich zusammen. »Wollen Sie mich verschaukeln? Zufällig *weiß* ich, dass Sie eine chinesische Vase haben!«

Onkel Titus lachte, als würde ihn das alles mehr amüsieren als ärgern. »Nein wirklich, tut mir leid, da sind Sie falsch informiert. Sie können sich gern von Ihrem Irrtum überzeugen.«

»Ja, *sehr* gern sogar!«

»Und zwar morgen früh ab zehn Uhr, wenn wir geöffnet haben. Auf Wiedersehen!«

Ohne noch eine Antwort abzuwarten, drehte Onkel Titus sich um und schlenderte ebenso gelassen, wie er gekommen war, davon. Die drei ??? folgten ihm.

»Das war großartig, Onkel Titus!«, lobte Justus seinen Onkel, als der verdatterte Prinz Eisenherz außer Hörweite war.

»Ein sehr unangenehmer Mensch. Wenn er morgen tatsächlich noch mal auftaucht, werde ich ihm irgendeinen Ladenhüter andrehen. Die Vase kriegt er jedenfalls nicht zu sehen. Seltsam, dass er ausgerechnet danach gefragt hat, nicht wahr? Ein anderer Kunde muss sie entdeckt und ihm davon berichtet haben.« Er warf einen Blick auf das frisch abgestaubte Regal mit dem Porzellan und stutzte. »Wo ist sie überhaupt?«

»Wer?«

»Die Vase. Sie steht nicht mehr an ihrem Platz.«

»Ach so, ja, wir haben sie in die Zentrale gebracht«, antwortete Justus und spürte augenblicklich wieder den Kloß im Hals. »Um einem solchen Fall vorzubeugen.«

»Verstehe. Sehr gut. Aber morgen muss sie wieder an ihrem Platz stehen, das weißt du ja, nicht wahr?«

»Ja, natürlich.«

»Gut. Ich widme mich mal wieder meinen Gartenstühlen.« Onkel Titus ging davon.

»Merkwürdig«, murmelte Peter, nachdem Justus' Onkel außer Hörweite war.

»Sehr merkwürdig sogar«, stimmte Bob zu. »War das ein Zufall, Justus?«

»Schwer zu sagen«, murmelte der Erste Detektiv abwesend. »Aber wir haben im Moment keine Zeit, uns um dieses Rätsel zu kümmern. Wir müssen diesen verflixten weißen Drachen auf blauem Grund finden! Ich habe eine Idee: Ihr beide fahrt nach Chinatown und grast dort die Läden ab. Ich begebe mich derweil im Internet auf die Suche. Ihr wisst schon – Onlineshops,

Auktionen und so weiter. Vielleicht werde ich dort irgendwo fündig.«

»Hm«, murmelte Bob. »Wäre es nicht besser, wenn du selbst nach Chinatown gehen würdest? Du bist der Einzige von uns, der die Vase länger als fünf Sekunden gesehen hat. Im intakten Zustand, meine ich. Ich glaube nicht, dass Peter und ich uns genau genug an das Ding erinnern, um einen Ersatz aufzutreiben.«

»Meinetwegen. Dann fahren Peter und ich, du kümmerst dich um die Internetrecherche.«

»Ist das nicht völlig zwecklos?«, fragte Peter. »Selbst wenn Bob etwas findet, dann reicht die Zeit bis morgen Nachmittag kaum aus, um etwas zu bestellen und sich per Post schicken zu lassen, oder?«

»Wir dürfen nichts unversucht lassen«, meinte Justus. »Und jetzt los, wir haben keine Zeit zu verlieren!«

Justus und Peter waren bereits seit über vier Stunden unterwegs und draußen herrschte tiefste Dunkelheit, als Bob Andrews sich im Schreibtischstuhl zurückfallen ließ und müde seine Augen rieb. Er hatte jetzt stundenlang auf den Bildschirm gestarrt und sich Hunderte von chinesischen Vasen im Internet angesehen. Inzwischen wusste er gar nicht mehr genau, wie die von ihnen gesuchte Variante überhaupt aussehen sollte. Zu viele Bilder hatten seine Erinnerung an die Originalvase inzwischen getrübt. Zwar hatte er im Laufe der letzten Stunden zwei oder drei Exemplare mit weißem Drachen gefunden, aber das nützte ihnen überhaupt nichts, denn sie waren allesamt echte Ming-Vasen und standen entweder irgendwo auf der Welt in Museen oder wurden von Antiquitätenhändlern für astronomisch hohe Summen angeboten. Es war zum Verzweifeln.

Doch Bob wollte wenigstens so lange weitersuchen, bis Justus und Peter zurück waren. Müde klickte er den nächsten Link an. Er machte sich gar nicht mehr die Mühe, den Text der Seite zu lesen, sondern überflog lediglich die Bilder.

Plötzlich saß er kerzengerade auf seinem Drehstuhl. Auf dem Bildschirm war eine Vase erschienen, die genauso aussah wie die, die Justus zerdeppert hatte. Farbe, Form und Muster stimmten haargenau, zumindest soweit Bob sich erinnern konnte. Das war sie!

Bob wollte gerade eine der Scherben aus dem Labor holen, um die Formen der Drachen zu vergleichen, als er ein Geräusch von draußen hörte. Das mussten Justus und Peter sein! Aufgeregt sprang Bob zur Tür, die in die Freiluftwerkstatt hinausführte, und riss sie auf. »Just, ich glaube, ich hab sie gefun-« Doch da war überhaupt niemand in der Freiluftwerkstatt.

»Merkwürdig«, murmelte Bob, schloss die Tür wieder und ging zum Periskop. Eigentlich war es ein mit Spiegeln versehenes Ofenrohr, das aus dem Dach der Zentrale hinausragte und sich drehen ließ. Damit konnte er alles beobachten, was auf dem Schrottplatz vor sich ging. Bob kniff die Augen zusammen, um da draußen irgendetwas erkennen zu können. Doch auf dem Schrottplatz war alles still und verlassen. Hatte Bob sich getäuscht?

Der dritte Detektiv wollte sich gerade abwenden, als plötzlich ein geduckter Schatten durch die Nacht huschte! Ein großer, schlanker Schatten, der weder zu Justus noch zu Peter passte.

»Ein Einbrecher!«, flüsterte der dritte Detektiv. Der Schatten bewegte sich aus dem Blickfeld des Periskops hinaus. Als Bob das Ofenrohr drehte, um ihm zu folgen, ertönte ein unangenehmes Quietschen. Bob hielt erschrocken inne. Die Gestalt auf dem Schrottplatz ebenso. Sie hatte das Quietschen gehört und versuchte nun, die Quelle des Geräusches ausfindig zu machen. Dabei stand sie mitten im schwachen gelblichen Licht einer Straßenlaterne, die über den Holzzaun hinausragte. Bob konnte einen Blick auf das Gesicht des Eindringlings erhaschen.

Der Einbrecher war kein Unbekannter.

Schlagartig schlug Bobs Angst in Zorn um. »Das gibt's ja wohl nicht!« Ohne zu zögern, griff der dritte Detektiv nach dem Telefonhörer. Wären Justus und Peter hier gewesen, hätten sie es vielleicht gemeinsam mit dem Kerl aufgenommen, aber allein wollte Bob lieber auf Nummer sicher gehen.

»Polizeirevier von Rocky Beach.«

»Guten Abend, hier spricht Bob Andrews. Ich beobachte gerade einen Einbrecher auf dem Gelände des Gebrauchtwarencenters Titus Jonas. Schicken Sie bitte sofort jemanden vorbei!«

»Wie war Ihr Name?«, erkundigte sich der Mann am anderen Ende.

»Bob Andrews«, wiederholte Bob genervt.

»Befinden Sie sich in unmittelbarer Gefahr?«

»Nein, aber das heißt nicht, dass Sie sich Zeit lassen können!«

»Wir schicken eine Streife vorbei«, versprach der Polizist.

»Danke«, erwiderte Bob knapp und legte auf. Die Polizei war also unterwegs. Gut. Es würde nicht lange dauern, bis sie hier war. Vielleicht sollte Bob doch nach draußen gehen. Dann konnte er im Notfall eingreifen, falls der Kerl abhauen sollte.

Er öffnete vorsichtig die Tür und schlich durch den Wellblechtunnel zum Kalten Tor. Der Kühlschrank tat ihm den Gefallen, nicht zu quietschen. Lautlos trat er hinaus in die kühle Nachtluft und stand eine Weile still, bis sich seine Augen an die Dunkelheit gewöhnt hatten. Dann schlich er zu der Stelle, wo er den Einbrecher zuletzt gesehen hatte.

Er war nicht mehr da. Bob konnte ihn nirgendwo entdecken. Einer spontanen Eingebung folgend schlich er zu dem Regal hinüber, in dem das Porzellan aufbewahrt wurde. Und tatsächlich: Dort stand die Gestalt, mit dem Rücken zu ihm, und suchte das Regal anscheinend nach etwas Bestimmtem ab.

Bob wollte nicht eingreifen, nur beobachten. Wenn er nur noch ein paar Schritte näher herankäme …

Plötzlich sprang ein kleiner, dunkler Schatten aus einem Stapel leerer Pappkartons und huschte fauchend in die Nacht. Eine Katze! Bob erschrak so sehr, dass er einen Schritt zur Seite machte. Er stolperte über einen herumliegenden Autoreifen. Eine Sekunde lang versuchte er noch verzweifelt, sein Gleichgewicht zu halten. Dann fiel er hin und riss dabei ein altes Staubsaugerrohr, eine Stehlampe und zwei Blecheimer mit, die ohrenbetäubend laut schepperten.

Endlich eine Spur

»Alles umsonst«, beschwerte sich Peter, als sie das Ortseingangsschild von Rocky Beach passierten. »Dieses ganze Gerenne durch Chinatown – Mann, war das nervig! Und was ist dabei herausgekommen? Gar nichts!«

Justus und er waren zwei Stunden durch die Straßen von Chinatown gelaufen und hatten jeden einzelnen Laden abgeklappert – nur um festzustellen, dass sie fast alle von denselben Herstellern beliefert wurden und man dort nur Massenware kaufen konnte. Vasen, ja, in rauen Mengen. Auch welche mit Drachen. Aber kaum eine sah Mr Johnsons Vase auch nur ähnlich. Und die, die es taten, waren aus Plastik.

Während Peter sich auf der Rückfahrt in Rage geredet hatte, war Justus auf dem Beifahrersitz immer stiller geworden. Die ganze Geschichte lag ihm so schwer im Magen, dass er sogar an den verführerisch duftenden chinesischen Imbissständen vorbeigegangen war, ohne auch nur einmal Appetit zu verspüren. Die Situation wurde immer schlimmer. Sie hatten alle Läden der Umgebung abgegrast, die ihnen eingefallen waren, und selbst wenn sie welche vergessen haben sollten, hatte Justus wenig Hoffnung, dort fündig zu werden. Diese verdammte Vase war ein Einzelstück gewesen. Nicht umsonst hatte Mr Johnson monatelang danach gesucht.

Er würde Justus umbringen. *Alle* würden ihn umbringen. Jetzt ruhten seine Hoffnungen allein auf Bob. Wenn der ebenfalls nichts herausgefunden hatte, dann sollte er den Vorschlag seiner Freunde vielleicht befolgen und auswandern.

»Wir hätten uns die ganze Aktion sparen können«, sagte Peter, nachdem er den Wagen am Straßenrand abgestellt hatte und beide ausgestiegen waren. »Wir sollten … he! Was ist das denn?«

Justus blickte auf. Und plötzlich blieb keine Zeit mehr, sich um seine düsteren Gedanken zu kümmern.

Eine dunkle Gestalt sprang über den Zaun des Schrottplatzes auf den Gehweg!

»Peter!«, rief der Erste Detektiv und deutete auf den überraschten Burschen, der augenblicklich das Weite suchte.

Der Zweite Detektiv reagierte blitzschnell. »Den schnapp ich mir!« Und schon sprintete er der Gestalt hinterher.

Justus folgte ihm, kam jedoch nur zwanzig Schritte weit. Plötzlich erhellte ein rot-blaues, rotierendes Leuchten die Nacht. Ein Polizeiwagen! Als die Streife die rennenden Jugendlichen entdeckte, heulte die Sirene auf und der Wagen gab Gas.

Justus hatte gar keine Zeit, irgendeinen Plan zu entwickeln, schon war der Wagen neben ihm. Auf der Beifahrerseite sprang ein Polizist heraus und stürmte auf ihn zu. Der Mann am Steuer fuhr Peter hinterher, der gerade um eine Ecke gebogen war.

»Officer!«, rief Justus. »Da war ein Einbrecher! Er ist gerade –«

»Hände hoch!«, brüllte der Polizist und zerrte eine Waffe aus seinem Holster.

Justus erstarrte und hob langsam die Hände. »Sir, mein Name ist Justus Jonas. Ich wohne hier. Hinter diesem Zaun, meine ich. Gerade eben habe ich beobachtet, wie ein unbefugtes Individuum über selbigen geklettert und geflüchtet ist. Das sollten Sie verfolgen, nicht mich.«

»Hände oben lassen!«, brüllte der Mann, als hätte er ihm gar nicht zugehört. Justus fiel auf, dass er sehr jung war. Allzu lange schien er noch nicht bei der Polizei zu sein. Der Erste Detektiv seufzte und streckte die Hände noch ein wenig höher.

»Recht so? Hören Sie, guter Mann, ich schlage vor, Sie rufen jetzt bei Ihrem Vorgesetzten an, Inspektor Cotta. Der kennt mich nämlich und wird Ihnen bestätigen, dass Sie gerade Ihre Zeit vertun. Und meine noch dazu.«

Ein unsicheres Flackern war in das Gesicht des Polizisten getreten. »Cotta?«, wiederholte er.

»Ja, Cotta.«

Doch weiter kamen sie nicht, denn nun bog Peter um die Ecke. Seine Hände waren mit Handschellen auf den Rücken gefesselt. Ihm folgte der Mann, der den Wagen gefahren hatte. »Alles klar, Bukowsky?«, brüllte er quer über die Straße.

»Ja, Sir!«, brüllte Bukowsky über die Schulter zurück,

ohne den Blick oder gar die Waffe von Justus abzuwenden. »Die verdächtige Person ist… ähm … äh …«

»Probieren Sie es mit ›dingfest gemacht‹«, schlug Justus vor.

»Dingfest gemacht!«, brüllte Bukowsky.

»Just, könntest du dem Herrn bitte mal erklären, dass nicht *ich* der Täter bin, sondern der Kerl, der entkommen ist?«

»Das würde ich ja gern, Peter, aber leider bin ich soeben dingfest gemacht worden, was gleichbedeutend ist mit: Mir hört eh niemand zu.«

Von rechts kam ein knarrendes Geräusch und alle wandten die Köpfe. Ein loses Brett im Zaun wurde beiseitegeschoben, das Rote Tor öffnete sich und Bob trat auf die Straße.

»Meine Güte, nicht die beiden sollten Sie festnehmen, sondern den anderen!«, sagte er wütend und trat auf die Gruppe zu.

»Und du bist wer?«, fragte der ranghöhere Polizist.

»Bob Andrews. Ich habe Sie angerufen.«

Es dauerte noch eine Weile, doch dann hatte sich das Missverständnis endlich geklärt. Bukowsky ließ seine Waffe sinken und Peter wurden die Handschellen abgenommen. Bob erläuterte derweil noch einmal in allen Einzelheiten, was passiert war. »Und als der Staubsauger umfiel, ist der Typ natürlich getürmt. Ab über den Zaun, und weg war er.«

»Tja, nun, das konnten wir natürlich nicht ahnen«, sagte Bukowsky verlegen.

»Natürlich nicht«, knurrte Peter.

»Wurde denn etwas gestohlen?«

»Ich glaube nicht. Ich habe den Kerl ja die ganze Zeit beobachtet. Er hat etwas gesucht, aber nicht gefunden. Dem Schuppen, in dem Mr Jonas seine wertvollen Stücke aufbewahrt, hat er sich nicht mal genähert.«

»Kannst du den Täter beschreiben?«

»Ich kann ihn nicht nur beschreiben, ich kann Ihnen sogar seinen Namen nennen«, antwortete Bob.

»Du kennst ihn?«

Bob nickte grimmig. »Besser, als mir lieb ist. Sein Name ist Skinny Norris.«

Nachdem die Polizei gegangen waren, zogen sich die drei ??? zur Besprechung in die Zentrale zurück.

»Skinny Norris!«, schnaubte Peter wütend. »Das hätten wir uns eigentlich denken können, oder? Wenn irgendwas schiefgeht, ist Skinny meist nicht weit. Wie oft ist uns der Bursche jetzt schon in die Quere gekommen? Hundertmal? Tausendmal?«

»Nun übertreib mal nicht, Peter«, versuchte Justus den Zweiten Detektiv zu beruhigen. »Skinny ist ein wandelndes Ärgernis, das stimmt, aber es ist ja nichts Schlimmes passiert.«

»Nichts Schlimmes passiert? Er hat hier herumgeschnüffelt! Und du hast ihn damit auch noch davonkommen lassen! Warum hast du ihn nicht angezeigt, Just? Bob und ich haben ihn doch eindeutig erkannt!«

»Ehrlich gesagt aus Neugier«, erklärte Justus. »Wir

haben eher eine Chance herauszufinden, was Skinny vorhatte, wenn die Polizei nicht in den nächsten fünf Minuten vor seiner Haustür steht und klingelt. Außerdem habe ich Mitleid mit der Kreatur. Das gilt nicht nur für Mäuse. Unglücklicherweise fehlt uns momentan die Zeit, um uns um Skinny zu kümmern. In etwa achtzehn Stunden wird Mr Johnson mit seiner Verlobten hier auftauchen und bis dahin müssen wir einen ›weißen Drachen‹ gefunden haben. Unser Besuch in Chinatown verlief leider ergebnislos. Hast du wenigstens etwas herausfinden können, Bob?«

»Die ersten paar Stunden nicht. Aber just in dem Moment, als Skinny auftauchte, habe ich das hier gefunden!« Bob wandte sich dem Computer zu und klickte den Bildschirmschoner weg.

»Aber das ist ja die Vase!«, rief Justus aufgeregt und deutete auf die kleine Abbildung, auf der deutlich der weiße Drache auf blauem Grund zu sehen war. »Genauso sah sie aus!«

»Was ist denn das überhaupt für eine Seite?«, fragte Peter und beugte sich neugierig vor. »Klatsch und Tratsch über Hollywood-Stars und solche, die es werden wollen«, stellte er fest. »In diesem Artikel geht es um Schauspieler und ihre Sammelleidenschaften.«

Nun lasen alle drei den Text, der zu dem Vasenfoto gehörte. Sie erfuhren, dass Tom Hanks alte Schreibmaschinen sammelte, Michael Caine Jugendstil- und Art-déco-Gläser und Demi Moore altmodische Abendkleider. Chinesische Vasen wiederum waren das Faible von Beverly Leung. Auf einem anderen Foto sah man die junge Schauspielerin inmitten eines hübschen kleinen Vasenarrangements.

»Wow, Beverly Leung!«, rief Peter und tippte auf das Bild. »Die finde ich super! Vor allem sieht sie super aus! Und, Mann, sie hat wirklich Wahnsinns-«

»Glück mit ihrer Rollenauswahl«, beendete Justus den Satz. »Ja, finde ich auch. Eine sehr talentierte junge Frau. Ich muss allerdings gestehen, dass mich ihre Vasensammlung momentan mehr interessiert als alles andere. Das da ist der ›weiße Drache‹, da gibt es überhaupt keinen Zweifel!« Justus sah seine Freunde aufgeregt an.

»Und?«, fragte Bob. »Was bringt uns das? Willst du jetzt bei ihr anrufen und sie fragen, ob sie dir ihre Ming-Vase verkauft? Ich meine, das ist Beverly Leung! Nicht irgendjemand!«

»Na und?« Justus verschränkte lässig die Arme. »Wen juckt das schon?«

»Wir haben keine Ahnung, wo sie wohnt!«

»Doch. In Bel Air, gar nicht weit von hier.«

»Woher weißt du das?«

»Da steht's.«

Bob überflog den Artikel ein zweites Mal und musste Justus recht geben. »Und was willst du jetzt tun? Sie besuchen?«

»Ja.«

»Und du glaubst wirklich, dass sie dir ihre Vase überlassen wird?«

»Das vielleicht nicht«, antwortete Justus. »Aber möglicherweise kann Miss Leung uns sagen, woher sie sie hat. Oder wo es noch mehr davon gibt.«

Darauf wusste Bob nichts mehr zu erwidern. Er hielt es immer noch für eine Schnapsidee und sah Hilfe suchend zu Peter.

Doch der grinste nur seltsam entrückt und sagte: »Wow. Wir besuchen Beverly Leung. So langsam fängt der Fall an, mir zu gefallen.«

Tötet den Vasenmörder!

Als Bob und Peter endlich die Zentrale verließen, um nach Hause zu fahren, war es bereits nach Mitternacht. Sie waren erschöpft von diesem sehr langen Tag und auch Justus ging sofort ins Bett. Doch der Schlaf war wenig erholsam. In seinen Träumen wurde Justus von Horrorvorstellungen geplagt, was ihn erwartete, wenn er versagte: Von Mr Johnson angezeigt, von Onkel Titus enterbt und verstoßen, und Tante Mathilda wiederholte in Justus' bösen Träumen mit tränenerstickter Stimme immer wieder ein und denselben Satz: »Justus, wie konntest du nur, ich bin so enttäuscht von dir!«

Irgendwann wurde Tante Mathilda abgelöst von weißen Drachen, auf denen kleine Chinesen ritten und Jagd auf ihn machten. »Tötet den Vasenmörder!«, riefen sie und kamen immer näher. Sie warfen mit Speeren, die ihn knapp verfehlten und klackend neben ihm aufschlugen, immer und immer wieder. Bis schließlich doch einer traf, und zwar am Kopf.

Justus wachte auf. Einen Moment lang hatte er Schwierigkeiten, sich zu orientieren, dann sah er einen kleinen Stein auf seinem Kopfkissen und wusste, dass er im Bett lag.

Da klackte es erneut. Justus richtete sich auf. Draußen wurde es gerade hell. Und offenbar warf jemand die ganze Zeit kleine Steinchen gegen sein Fenster. Es war ein Stückchen geöffnet. Eines der Steinchen musste durch den Spalt geflogen sein und ihn am Kopf getroffen haben. Der Erste Detektiv rappelte sich auf und blinzelte schläfrig aus dem Fenster.

Draußen auf dem Schrottplatz standen Peter und Bob in der Morgendämmerung und blickten zu ihm herauf.

»Na endlich!«, raunte Peter. »Wurde auch Zeit, dass du mal aufwachst! Komm schon, zieh dich an, wir müssen los!«

»Wir müssen … wie bitte?«, fragte Justus noch ganz benommen. »Wie spät ist es überhaupt?«

»Gleich sechs. Deshalb haben wir auch nicht geklingelt. Deine Tante und dein Onkel schlafen bestimmt noch.«

»*Ich* schlafe noch!«, knurrte Justus wütend. »Was gibt es denn?«

»Wir müssen doch zu Beverly Leung!«, erwiderte Peter putzmunter.

»*Jetzt?*«

»Ja.«

»Peter hat sich gestern Abend an einen Artikel über Beverly Leung in einer Frauenzeitschrift erinnert, die bei den Shaws zu Hause auf dem Klo liegt«, erklärte Bob.

»Und den habe ich noch mal schnell gelesen«, fuhr Peter fort. »Und da stand: ›Hollywoodstar Beverly Leung, 28, geht jeden Morgen joggen, um sich fit zu halten.‹«

»Ja, und?«

»Na, ist doch klar! Wir passen sie ab! Oder glaubst du, sie macht uns einfach die Tür auf, wenn wir bei ihr klingeln?«

Justus schüttelte stirnrunzelnd den Kopf. »Woher wisst ihr denn überhaupt, wo sie wohnt?«

»Alles schon recherchiert«, winkte Bob lässig ab. »Also, was ist, kommst du jetzt endlich?«

Justus verdrehte die Augen. »Aber ich habe noch nicht mal gefrüh–«

»Im Auto«, unterbrach Peter ihn. »Beeilung jetzt, wir haben leider nicht herausfinden können, wann Beverly normalerweise aufsteht, wir dürfen sie nicht verpassen!«

»Wahrscheinlich um elf«, knurrte Justus und zog sich vom Fenster zurück, um ins Bad zu schlurfen.

Zehn Minuten später verließen die drei ??? Rocky Beach Richtung Bel Air. Inzwischen war die Sonne aufgegangen, doch es war immer noch empfindlich kühl, und leichter Morgennebel hing in den Canyons, als sich Peters MG durch die Berge schlängelte.

Justus meckerte immer noch, zumal Peter die Frechheit besessen hatte, ihm einen Müsliriegel und eine Packung Milch als Frühstück anzubieten. Doch der Zweite Detektiv hielt lediglich dagegen: »Ich denke, wir hätten keine Zeit zu verlieren, Justus? Die Uhr tickt, schon vergessen? In etwa elf Stunden brauchst du eine chinesische Vase, also nerv hier nicht rum!« Justus schwieg, bis sie Bel Air erreicht hatten. Zu dieser frühen Stunde war noch nicht viel los in der Villengegend, in der nicht nur Beverly Leung, sondern auch viele andere Prominente wohnten. Die meisten Menschen, die ihnen um diese Uhrzeit auf der Straße begegneten, waren Jogger oder Leute, die ihre Hunde ausführten, nicht selten ganze Heerscharen von Pudeln, Chihuahuas und Yorkshireterriern.

Das Haus von Beverly Leung war eine kleine, halb hinter einem Palmenhain verborgene Villa, umgeben von einer hohen Mauer. Lediglich durch die Gitterstäbe des Eingangstores konnte man einen Blick auf das reich bepflanzte Grundstück werfen. Dort war alles ruhig.

»Schläft wohl noch«, knurrte Justus. »Wen wundert's.«

»Jetzt fang nicht schon wieder an!«, bat Bob. »Nun sind wir hier, da können wir auch ein bisschen warten.«

Doch Justus hörte nicht auf. »Das Ganze war eine Schnapsidee. Wahrscheinlich ist sie überhaupt nicht da. Sie dreht vermutlich gerade einen neuen Film in … New York oder Berlin oder Ouarzazate oder was weiß ich. Oder sie steht jeden Morgen um fünf auf und ist schon längst wieder zu Hause. Oder sie hat bei ihrem neuen Lover Brad Pitt oder George Clooney übernachtet. Am Lago di Como in Italien. Vielleicht hat sie sich auch mit Julia Roberts zum Frühstück in Paris verabredet oder mit Jennifer Lopez zum Shoppen in Mailand, oder sie ist menschenscheu und verlässt nie das Haus, und das mit dem morgendlichen Jogging war nur so dahergesagt, und in Wirklichkeit lässt sie sich alle sechs Monate das Fett absaugen, um ihre Figur zu halten, oder sie hat einen Fitnesstrainer, zu dessen Fitnessstudio sie gleich von ihrem Fitnesschauffeur in ihrer Fitnesslimousine abgeholt wird, oder –«

»Da ist sie«, unterbrach Peter ihn schlicht und spähte aus dem Fenster. »Sie hat ja wirklich einen Fitnesstrainer. Woher wusstest du das, Just? Könnte allerdings auch ihr Bodyguard sein.« Beverly Leung ging auf das Eingangstor zu. Sie hatte ihr glattes, schwarzes Haar zu einem Pferdeschwanz zusammengebunden und machte einen äußerst sportlichen Eindruck. An ihrer Seite war ein großer, breitschultriger Mann, der sehr braun gebrannt, sehr schwarzhaarig und sehr gepflegt aussah. Beide trugen bunte Laufkleidung und die teuersten Joggingschuhe, die Peter kannte. Der Zweite Detektiv konnte sich von Beverly Leungs Anblick kaum losreißen.

»Aufwachen, Zweiter!«, zischte Justus, der seine schlechte Laune komplett vergessen hatte. »Wir brauchen dich! Du bist nämlich wahrscheinlich der Einzige, der gleich mit ihr Schritt halten kann. Du musst sie in ein Gespräch verwickeln!«

Inzwischen war Beverly Leung am Tor angelangt. Sie trat auf die Straße, der Mann an ihrer Seite drückte eine Stoppuhr und beide liefen los.

»Was – ich?«, fragte Peter erschrocken.

»Na, wer denn sonst? Darauf wartest du doch seit gestern Abend! Aber vermassle es nicht! Und jetzt raus mit dir!« Justus schob den Zweiten Detektiv mehr oder weniger aus dem Wagen.

Peter warf seinen Freunden einen letzten bangen Blick zu, dann lief er Beverly Leung hinterher. Schon nach wenigen Metern hatte er sie eingeholt und joggte unmittelbar neben ihr auf dem breiten Gehsteig. Sie beachtete ihn ebenso wenig wie ihr Begleiter, und Peter wusste nicht, was er tun sollte. Schließlich rief er fröhlich: »Guten Morgen!«

Beverly Leung drehte kurz den Kopf in seine Richtung und nickte, bevor sie ihren Blick wieder nach vorn wandte.

»Scheint ein schöner Tag zu werden, nicht wahr?«, versuchte Peter es ein zweites Mal.

Nun wandte sie sich ihm zu: »Wenn du ein Autogramm willst, dann sag es gleich, ich muss mich aufs Training konzentrieren.«

»Soll ich mich um ihn kümmern, Bev?«, erkundigte sich der Bodyguard oder Fitnesstrainer an ihrer Seite mit einer irritierend hohen Stimme. Doch sie schnitt ihm mit einer knappen Geste das Wort ab und funkelte Peter herausfordernd an.

»Oh, äh, ein Autogramm, ja, sehr gerne, nett von Ihnen«, stammelte Peter, und Beverly Leung zückte bereits eine Autogrammkarte aus der Tasche ihrer Trainingsjacke. »Aber eigentlich wollte ich ja mit Ihnen über etwas ganz anderes reden.«

Sie wandte sich ihrem Begleiter zu und sagte nur: »James«, woraufhin sich James dem Zweiten Detektiv drohend näherte.

»Nämlich über Ihre Vasensammlung!«, fügte Peter eilig hinzu, da er den Eindruck hatte, dass er hier gänzlich missverstanden wurde. »Speziell über Ihre Ming-Vase!«

Beverly Leung blieb abrupt stehen. »Wie bitte?«

Auch Peter hielt an. »Ihre … äh … Ming-Vase.«

»James?«, sagte sie, ohne Peter dabei aus den Augen zu lassen. »Hast du dein Handy dabei? Ruf die Polizei!«

»Die Polizei?«, rief Peter. »Aber ich wollte doch nur –«

»Peter? Brauchst du Hilfe?«

Der Zweite Detektiv drehte sich um. Hinter ihm stand sein Wagen, Bob saß am Steuer und Justus hatte auf dem Beifahrersitz das Fenster heruntergekurbelt.

»Ja!«, sagte Peter schnell.

»Wer seid ihr Burschen?«, fragte Beverly alarmiert.

»Verzeihen Sie den Überfall, Miss Leung«, antwortete Justus, während er ausstieg. »Aber wir wussten nicht, wie wir sonst Kontakt zu Ihnen aufnehmen sollten. Wenn Sie wirklich die Polizei anrufen möchten, empfehle ich Ihnen, sich mit Inspektor Cotta vom Polizeirevier in Rocky Beach verbinden zu lassen. Er kennt uns. Aber ich versichere Ihnen, es besteht kein Anlass, Alarm zu schlagen. Wir wollen Ihnen nichts Böses tun. Wir haben lediglich eine Frage an Sie.«

Wieder gab Beverly Leung ein knappes Handzeichen und James ließ das Handy zuklappen.

»Wer seid ihr?«, wiederholte sie ihre Frage.

Justus reichte ihr wortlos eine ihrer Visitenkarten.

»Detektive?«, fragte sie stirnrunzelnd. »Seid ihr dafür nicht ein wenig jung?«

»Mag sein. Der Fall, den wir gerade bearbeiten, ist

allerdings eher privater Natur, daher spielt unser Alter wirklich keine Rolle. Wie mein Freund Peter bereits andeutete, geht es um Ihre Vasensammlung. Wir haben nur ein paar kurze Fragen, Miss Leung, dann lassen wir Sie wieder in Ruhe.«

»Woher wisst ihr davon?«, fragte sie misstrauisch.

»Wir haben es im Internet gelesen«, meldete sich nun Bob zu Wort, der ebenfalls ausgestiegen war.

Beverly Leung schnappte hörbar nach Luft. »Im Internet? Aber … wie kann denn das schon im Internet stehen?«

Justus runzelte die Stirn. »Es war ein ganz unverdächtiges Online-Magazin. Die Journalisten scheinen in Ihrem Haus gewesen zu sein. Aber das müssen Sie doch wissen, es gab schließlich ein Foto von Ihnen.«

»Ein Foto?« Nun stand echtes Entsetzen in ihr Gesicht geschrieben. »Aber ich habe außer der Polizei niemandem davon erzählt, dass meine Vasen gestohlen wurden!«

Zerstört, erschüttert, zerdeppert

»Gestohlen?«, wiederholte Justus. »Ihre Vasen?«

»Aber davon reden wir doch die ganze Zeit!«

»Nein, eigentlich sprach ich von einem Artikel, in dem von Ihrer Sammlung berichtet wurde. Von einem Diebstahl wissen wir nichts.«

»Oh«, machte Beverly Leung und blickte peinlich berührt von einem zum anderen. »Dann war das wohl ein Missverständnis.«

»Wann war denn das?«, ließ Justus nicht locker. »Und welche Vasen genau sind gestohlen worden? Hat die Polizei irgendwelche Spuren gefunden? Gibt es Tatverdächtige?«

»Moment mal!«, unterbrach Beverly ihn zornig und mit erhobenen Händen. »Warum sollte ich euch das erzählen?«

»Weil wir Detektive sind und Sie vielleicht unsere Hilfe benötigen. Wir könnten einen Deal machen: Sie helfen uns bei unserem Anliegen, und wir versuchen, die Diebe ausfindig zu machen.«

Sie runzelte die Stirn. »Und was war doch gleich euer Anliegen?«

Justus räusperte sich. »Das ist etwas kompliziert. Wenn Sie nichts dagegen haben, sollten wir den Ort unserer Unterredung vielleicht wechseln.«

Beverly Leungs Domizil war eine typische Hollywood-Villa: weiß mit rot gedecktem Dach, die Architektur sehr modern mit Anleihen an traditionelle spanische Landhäuser. Von innen bot sich den drei ??? jedoch ein ganz anderes Bild: An den Wänden hingen große, längliche Bahnen aus Leinen oder Reispapier, auf die übergroße chinesische Schriftzeichen gemalt waren. Es gab große, mit schwarzer Tusche gemalte Bilder mit chinesischen Motiven, und Justus identifizierte einen schräg in der Ecke auf vier Beinen stehenden, hölzernen Kasten mit Metallbeschlägen als chinesischen Hochzeitsschrank. Auf einer Anrichte stand ein zierliches chinesisches Teeservice und auch der Rest der Einrichtung hatte etwas sehr Filigranes und Asiatisches an sich. Doch von all dem erhaschten sie nur einen kurzen Blick, denn Beverly Leung führte sie sogleich auf eine terrakottageflieste Terrasse, die sich gerade in den ersten Sonnenstrahlen zaghaft aufwärmte. Sie bot ihnen nichts zu trinken an, sondern verlangte gleich von Justus, ihr den Grund ihrer Anwesenheit zu nennen. Justus berichtete ohne Umschweife von der zerstörten Vase und seinem Dilemma. Beverly hörte geduldig zu.

Hin und wieder versuchte James, von dem sie immer noch nicht wussten, ob er Bodyguard, Fitnesstrainer oder einfach nur ein Freund war, sich einzumischen, doch jedes Mal wurde er von Beverly regelrecht zurückgepfiffen.

»Ich muss schon sagen, ihr drei seid recht ungewöhnliche Burschen. Kein normaler Mensch wäre auf die

Idee gekommen, mich aufzusuchen, weil er eine bestimmte chinesische Vase sucht.«

Die drei Detektive warfen einander kurze Blicke zu und fragten sich, ob das ein verstecktes Kompliment gewesen war oder das Gegenteil. Doch dann lächelte Beverly Leung erstmals. »Aber ich muss sagen, ihr seid sehr mutig und einfallsreich. Und vielleicht würde ich euch sogar helfen – wenn ich könnte. Doch wie gesagt: Meine gesamte Sammlung wurde vor zwei Wochen gestohlen, vierundzwanzig chinesische Vasen.«

»Waren sie sehr wertvoll?«, erkundigte sich Bob.

»Die meisten nicht besonders. Aber die Vase, an der ihr Interesse habt, ist ein Familienerbstück. Sie wird auf mindestens dreißigtausend Dollar geschätzt.«

»Wie sind die Täter vorgegangen?«, wollte Justus wissen.

»Sie kletterten über den Zaun und schlugen die Terrassentür ein, als ich auf einer Filmpremiere war.«

»Nicht besonders originell. Haben Sie keine Alarmanlage?«

»Doch, aber aus einem Grund, den weder ich noch die Polizei bisher herausfinden konnten, schlug sie keinen Alarm.«

»Vielleicht war sie nicht eingeschaltet?«

»Doch, war sie.«

»Kennt jemand außer Ihnen den Code, mit dem man die Anlage deaktivieren kann?«

»Nein«, antwortete Beverly, und ihre plötzliche Freundlichkeit ebbte bereits ab. »Aber das habe ich alles bereits der Polizei erzählt, und ich glaube kaum, dass ihr drei mehr herausbekommen könnt, nicht wahr? Außerdem seid ihr deswegen ja nicht hier.«

»Stimmt«, gab Justus zu. »Sondern wegen einer Vase, die genauso aussieht wie Ihr Erbstück. Gibt es davon Replikate?«

»Nicht dass ich wüsste. Und ich kann es mir auch nicht vorstellen. Ich beschäftige mich schon seit Jahren mit chinesischer Kunst und mir ist bisher keine zweite Vase dieser Art begegnet. Es ist eine Ming-Vase, wisst ihr. Fast sechshundert Jahre alt.«

»Aus der Xuande-Periode?«, fragte Justus beiläufig.

Beverly Leung runzelte die Stirn. »Wie kommst du darauf?«

Justus zuckte mit den Schultern. »Wir haben uns auch ein bisschen mit chinesischer Kunst beschäftigt«, antwortete er vage.

»Du hast recht«, gab Beverly widerstrebend zu. »Die Vase stammt tatsächlich aus der Zeit von Kaiser Xuande. Aber dieses Wissen hilft weder euch noch mir. Die Vase wurde gestohlen, die Polizei hat keine Spur und für euch kann ich leider nichts tun.«

»Tja«, sagte Justus nach einigem Zögern. »Ich fürchte, Sie haben recht.« Er seufzte schwer.

Miss Leung sah demonstrativ auf die Uhr. »Da das nun geklärt ist, würde ich gern mit meinem Training fortfahren.«

Justus war etwas überrumpelt vom plötzlichen Ende des Gesprächs, wusste aber nicht, was er noch sagen oder fragen konnte. »Natürlich. Vielen Dank, dass Sie uns zugehört haben.«

Die drei Detektive erhoben sich und wurden in Windeseile von der Hausherrin hinauskomplimentiert. Beverly Leung und ihr Begleiter joggten ein zweites Mal los, die drei Detektive blieben ratlos zurück.

Peter war der Erste, der etwas sagte: »Aus der Nähe sah sie gar nicht so toll aus, oder? So ungeschminkt … irgendwie ganz gewöhnlich.«

»Das tut mir sehr leid für dich, Peter«, gab Justus niedergeschlagen zurück. »Aber ehrlich gesagt macht mir die Tatsache, dass sie uns kein bisschen weiterhelfen konnte, mehr zu schaffen. Ich hatte all meine Hoffnungen auf Beverly Leung gesetzt! Und es ist gar nichts dabei herausgekommen! Heute Nachmittag kommt Mr Johnson, und die Vase ist hin, und es gibt nichts mehr, was ich daran ändern kann! Es gibt keinen zweiten ›weißen Drachen‹! Es ist vorbei. Ich muss auswandern. Am besten sofort.«

Betreten blickten Bob und Peter sich an. Schließlich räusperte sich Bob. »Ich will die Situation ja nicht noch schlimmer reden, als sie ohnehin schon ist …«

»Das wird dir auch kaum gelingen.«

»… aber findest du die Häufung von Zufällen nicht auch irgendwie merkwürdig, Justus?«

»Was für Zufälle?«

»Wir haben jetzt alles Mögliche unternommen, um eine Ersatzvase aufzutreiben. Dabei sind wir auf zwei Spuren gestoßen: auf die Vase, die dem Antiquitätenhändler Burns in Santa Monica angeboten wurde, und auf das Erbstück von Beverly Leung. Beide waren sündhaft teuer. Gleichzeitig taucht Prinz Eisenherz auf dem Schrottplatz auf und sucht ebenfalls nach einer Vase. Und Skinny schleicht mitten in der Nacht bei uns herum und nimmt das Porzellanregal unter die Lupe. Das geht doch nicht mit rechten Dingen zu!«

»Da gebe ich dir allerdings recht«, sagte Justus. »Nur hatte ich bisher anderes zu tun, als mir darüber Gedanken zu machen.«

»Das solltest du aber schleunigst nachholen«, riet Bob. »Denn irgendwie muss das alles zusammenhängen, meinst du nicht? Und wenn das der Fall ist, dann …« Bob schluckte und schwieg beklommen.

»Dann?«, hakte Peter nach. »Nun sag schon, was dann?«

»Wie soll ich sagen …«

»Sag's einfach!«

»Ich weiß, worauf Bob hinauswill«, sagte Justus mit belegter Stimme. »Selbst wenn wir die Zusammenhänge nicht kennen, liegt der Gedanke nahe, dass es durch eine Verkettung von uns bisher nicht bekannten Umständen möglicherweise eine echte Ming-Vase war, die Mr Johnson gestern auf den Schrottplatz brachte. Und das würde bedeuten, dass… ich vielleicht… nicht nur den Traum eines Romantikers zerstört und womöglich seine Hochzeit ruiniert und Tante Mathildas Vertrauen erschüttert habe. Sondern dass es mir darüber hinaus auch noch gelungen ist, ein einzigartiges chinesisches Kunstwerk von unschätzbarem Wert zu zerdeppern.«

»Aber das ist doch Unsinn, Just«, sagte Peter, während sie auf dem Rückweg nach Rocky Beach waren. »Mr Johnson wird doch kaum eine Vase für so viel Geld hier auf dem Schrottplatz deponieren! Er meinte doch, das Ding sei gar nicht viel wert gewesen, oder? Und wo hätte er eine echte Ming-Vase herhaben sollen. Höchstens selbst gestohlen. Aber dann würde er die Vase kaum zu deinem Onkel bringen und –«

»Das weiß ich doch alles selbst«, unterbrach Justus ihn schroff. »Aber die Indizien bereiten mir nun mal ein ungutes Gefühl. Es war vorher schon schlimm genug. Wenn jetzt die Vase auch noch *wertvoll* gewesen ist …« Justus beendete den Satz nicht.

»Na ja, sieh es mal positiv«, meinte Peter zaghaft, als sie den Schrottplatz erreichten. »*Noch* schlimmer kann es jetzt nicht mehr kommen.«

»Da wäre ich mir nicht so sicher«, orakelte Bob düster und deutete auf einen roten Chevrolet, der direkt vor ihnen geparkt hatte. »Kommt euch der Wagen nicht bekannt vor?«

»Prinz Eisenherz«, sagte Peter. »Er hat die Einladung deines Onkels also angenommen und ist pünktlich zurückgekehrt.« Er blickte auf die Uhr. Onkel Titus konnte das Tor erst vor wenigen Minuten geöffnet haben.

Sie stiegen aus und betraten den Schrottplatz. Wie erwartet war noch nichts los. Der Pick-up stand nicht an seinem Platz, Onkel Titus war vermutlich schon zu einer Lieferfahrt aufgebrochen. Tante Mathilda hockte im Bürohäuschen. Der einzige Mensch, der langsam über den Platz streifte und den Anschein zu erwecken versuchte, er wollte sich nur umsehen, war Prinz Eisenherz.

»Der hat mir gerade noch gefehlt«, murmelte Justus und spürte eine plötzliche Wut in sich aufsteigen. Der Grund dafür war ihm nicht ganz klar, aber die Wut fühlte sich allemal besser an als die Niedergeschlagenheit, die ihn nach ihrem Besuch bei Beverly Leung gepackt hatte.

»Was der wohl vorhat?«, fragte sich Bob.

»Das werden wir gleich herausfinden«, sagte Justus und ging kampflustig auf Prinz Eisenherz zu. »Na, immer noch auf der Suche nach chinesischen Vasen?«, fragte Justus gespielt fröhlich. »Oder darf's heute etwas anderes sein?«

Prinz Eisenherz wandte sich um und funkelte Justus wütend an. Er hielt sich gar nicht erst mit Begrüßungsfloskeln auf. »Ich weiß genau, dass es hier eine chinesische Vase gab!«

»Selbstverständlich gab es die«, antwortete Justus gelassen.

»Ha!«, triumphierte Eisenherz. »Wusste ich's doch!«

»Sogar schon häufiger. Nur im Moment haben wir leider keine im Angebot. Aber das habe ich Ihnen gestern schon versucht zu erklären.«

Prinz Eisenherz lief langsam rot an. »Du willst mich wohl auf den Arm nehmen! Du weißt genau, wovon ich spreche, eine Unverschämtheit ist das!«

»Sie sind unverschämt! Höflichkeit scheint Ihnen eine gänzlich fremde Umgangsform zu sein.«

»Na, hör mal! So lasse ich nicht mit mir reden!«

»Bitte sehr!«, erwiderte Justus und machte eine einladende Geste Richtung Toreinfahrt. »Es steht Ihnen jederzeit frei, das Gelände der Firma Jonas zu verlassen. Wir können natürlich noch eine Weile über chinesische Vasen plaudern. Sie könnten mir zum Beispiel verraten, wie Sie darauf kommen, dass wir eine vor Ihnen versteckt halten, und was so wichtig an dieser imaginären Vase sein soll. Ich werde mich bemühen, Ihren Ansprüchen an die zwischenmenschlichen Umgangsformen zu genügen.«

»Du frecher Bengel!«, zischte der Prinz, doch bevor er fortfahren konnte, Justus unflätige Dinge an den Kopf zu werfen, trat Tante Mathilda von hinten heran. Ihrem Gesichtsausdruck nach zu urteilen, hatte sie die letzten Worte mitbekommen.

»Was ist hier los?«, fragte sie unnachgiebig.

»Nichts weiter, Tante Mathilda. Der Herr wollte sich gerade verabschieden. Er hat leider nicht gefunden, was er suchte.«

Sofort stürzte sich Prinz Eisenherz auf Tante Mathilda und bemühte sich, freundlich zu lächeln. »Ich suche eine chinesische Vase, die genau so aussieht.« Wie aus dem Nichts zückte er ein Foto und hielt es Tante Mathilda unter die Nase. Justus warf einen Blick darauf und schluckte. Es war der weiße Drache. »Haben Sie die vielleicht schon einmal gesehen?«

»Aber natürlich«, erwiderte Tante Mathilda freimütig, und Justus verdrehte die Augen. »Aber ich bedaure, sie ist bereits für jemanden reserviert.«

»Reserviert?«, rief der Mann überrascht. »Das heißt, sie ist hier?«

»Ja, ist sie.«

»Wo?«

»Mein Neffe hat sie in Sicherheit gebracht. Aber wie gesagt: Sie steht nicht zum Verkauf, sie ist bereits einem anderen Kunden versprochen.«

»Könnte ich trotzdem einen Blick darauf werfen?«

Tante Mathilda wandte sich unsicher ihrem Neffen zu. »Na ja, ich weiß nicht … Justus, könntest du vielleicht …«

»Nein, könnte ich nicht!«, erwiderte Justus. »Sie ist unverkäuflich. Daran wird ein Blick von Ihnen auch nichts ändern, Sie können ihn sich also sparen.«

»Wem ist sie versprochen?«, bohrte der Prinz weiter.

»Mit Verlaub, das geht Sie überhaupt nichts an.«

»Justus!«, mahnte Tante Mathilda. »Was ist denn nur in dich gefahren?«

»Nichts.«

»Mrs Jonas, was befindet sich in diesem Schuppen dort drüben?«, fragte Prinz Eisenherz unvermittelt. »Ich habe gesehen, dass er verschlossen ist.«

»Dort bewahrt mein Mann die wertvolleren Stücke auf.«

»Wie zum Beispiel?«

»Na ja …«, überlegte Tante Mathilda. »Zum Beispiel …«

»Tante Mathilda!«, unterbrach Justus sie nachdrücklich. »Ich glaube nicht, dass Onkel Titus begeistert davon wäre, wenn du einem wildfremden Menschen erzählst, was in diesem Schuppen ist! Eher denke ich, dass er ihn schon längst des Platzes verwiesen hätte!«

Tante Mathilda sah ihn halb verblüfft, halb empört mit großen Augen an. »Aber –«

»Nun, dann werde ich das eben übernehmen«, sagte Justus kurz entschlossen. »Bitte verlassen Sie unser Grundstück!«

Prinz Eisenherz blickte ihn grimmig lächelnd an. »Wie du willst. Ich glaube, ich habe genug gesehen.« Ohne ein weiteres Wort stapfte er an Justus und Tante Mathilda vorbei, dass seine Frisur wippte, überquerte den Hof, verließ den Schrottplatz und stieg in den roten Chevrolet.

Erst nachdem er davongefahren war, fand Tante Mathilda ihre Sprache wieder: »Justus, was ist denn nur in dich gefahren? Wer war dieser Mann? Und warum warst du so unhöflich zu ihm?«

»Er war schon gestern Abend hier und hat sich unmöglich benommen«, unternahm Justus einen Erklärungsversuch. »Onkel Titus hat ihn weggeschickt.«

Tante Mathilda wirkte nicht überzeugt.

»Das stimmt, Mrs Jonas!«, eilte Bob, der zusammen mit Peter die ganze Szene aus einiger Entfernung beobachtet hatte, dem Ersten Detektiv zu Hilfe. »Der Kerl war wirklich unverschämt.«

»Und auf solche Kunden können wir verzichten, oder?«, setzte Justus hinzu.

»Ja, schon«, murmelte Tante Mathilda. »Aber seltsam, dass er nach Mr Johnsons Vase gefragt hat.« Sie kniff misstrauisch die Augen zusammen. »Justus?«

»Ja, Tante Mathilda?«

»Es ist doch nichts mit der Vase, oder?«

Justus spürte eine schlagartige Hitze auf seinem Gesicht. »Was sollte mit der Vase sein?«

»Ich weiß nicht. Sie steht nicht mehr an ihrem Platz und … es ist doch alles in Ordnung, hoffe ich!« Sie blickte ihn durchdringend an.

Justus kam es so vor, als könnte Tante Mathilda in diesem Moment direkt in sein Herz sehen und dort alle Geheimnisse entdecken, die er jemals vor ihr gehabt hatte. Er spürte, wie Peter und Bob, die hinter ihm standen, den Atem anhielten, und schluckte schwer. Es gab kein Entrinnen mehr. Er musste Tante Mathilda die Wahrheit sagen. Jetzt.

Er fasste sich ein Herz, holte zitternd tief Luft und sagte: »Um ehrlich zu sein …«

Tante Mathildas Blick ging an Justus vorbei zur Einfahrt. Der Briefträger kam gerade durch das Tor herein und winkte mit einer Handvoll Post. »Hach, ich muss wieder irgendwas unterschreiben«, seufzte Tante Mathilda. Dann ging sie dem Postboten entgegen und ließ die drei ??? einfach stehen.

Sekundenlang sprach niemand ein Wort.

»Du musst es ihr sagen, Just«, meinte Peter schließlich.

»Ja. Werde ich. Aber ehrlich gesagt … würde ich das lieber allein tun.«

Peter und Bob nickten verständnisvoll. »Tja, äh … dann gehen wir wohl besser. Können wir noch etwas tun?«

»Ja, könnt ihr. Und zwar herausfinden, ob die Vase echt antik war oder nicht. Das lässt mir nämlich keine Ruhe. Versucht, jemanden ausfindig zu machen, der sich mit altem Porzellan auskennt, und zeigt ihm die Scherben!«

»In Ordnung«, sagte Bob. »Ich weiß auch schon, wer uns weiterhelfen könnte.«

Die Sonne stand hoch am Himmel und brannte heiß auf die Bergstraße und die trockenen, gelbbraunen Hügel und Täler hinab, als Bob und Peter mit dem Wagen in die Santa Monica Mountains hinauffuhren.

»Der arme Justus!«, sagte Peter unvermittelt. »Tante Mathilda reißt ihm bestimmt den Kopf ab.«

»Er wird es überleben«, war Bob sicher. »Da muss er jetzt durch. Das Einzige, was wir für ihn tun können, ist, seinen Auftrag zu erledigen.«

Bob und Peter hatten die Scherben in der Zentrale zusammengeklaubt, in eine Schachtel gelegt und waren damit zu einem befreundeten Töpfer in Rocky Beach gefahren, den sie seit langer Zeit kannten, den ›Potter‹. Der hatte ihnen jedoch nichts über die Scherben sagen können, da er sich nur mit Keramik auskannte, nicht mit Porzellan. Aber er hatte sie an einen Freund in Fernwood verwiesen. »Mr Grogan stellt selbst Porzellan her und ist ein Experte in solchen Dingen«, hatte der Potter gesagt. »Chinesische Kunst ist sein Fachgebiet, er kann euch sicher weiterhelfen. Aber wundert euch nicht über ihn. Er ist etwas … eigenwillig.«

Nun waren sie also auf dem Weg nach Fernwood, in der Hoffnung, dass dieser Mr Grogan mehr mit den Scherben anzufangen wusste.

Eine Viertelstunde später hatten sie ihr Ziel erreicht. Mr Grogan lebte in einem kleinen, verwunschenen Haus etwas außerhalb von Fernwood in einem schattigen Canyon. Das verwilderte Grundstück, umgeben von einem wackligen Gartenzaun, war vollgestopft mit Porzellan, das auf Holzbänken, in Regalen oder einfach auf dem Boden stand: Schüsseln, Schalen, Vasen, Krüge und Teller in allen nur erdenklichen Größen, Farben und Formen. Einige waren beinahe mannshoch, andere nur so groß wie ein kleiner Finger. Viele der Objekte waren weiß-blau bemalt und zeigten chinesische Motive: Bäume, Blüten, chinesische Krieger und immer wieder Drachen.

»Wow«, sagte Bob beeindruckt. »Wer weiß, Peter, vielleicht werden wir hier doch noch fündig und können das Unglück abwenden.«

Doch noch ehe sie die Vasen näher in Augenschein nehmen konnten, öffnete sich knarrend die schiefe Holztür des Hauses und heraus trat ein sehr kleiner, gebeugter Mann mit schlohweißem, wirrem Haar und einer schmalen Brille auf der runden Nase. Er sah aus wie ein verhutzelter Gnom aus einem Märchenbuch.

»Lasst mich raten«, sagte er mit knarziger Stimme, während er langsam und auf einen Stock gestützt auf sie zutrat. »Zwei Jungs auf der Suche nach einem Geschenk für ihre Mutter.«

»Ähm … nicht ganz«, antwortete Bob verwirrt. »Mr Potter aus Rocky Beach schickt uns zu Ihnen, Mr Grogan. Sie sind doch Mr Grogan, nicht wahr?«

»Ah, der Potter!«, rief der Mann, doch Bob und Peter waren nicht sicher, ob es Freude war, die in seiner Stimme mitschwang. »Was will er denn, der alte Stümper?«

»Nun, nichts, aber er sagte, Sie könnten uns vielleicht helfen.«

»Und wobei?« Nun war Mr Grogan ganz an sie herangetreten. Er war einen Kopf kleiner als Peter und musterte die beiden über seine schmale Brille hinweg mit zusammengekniffenen Augen.

»Hierbei«, sagte Bob, hielt ihm den Karton entgegen und öffnete ihn. »Uns ist eine Vase kaputtgegangen und –«

»Schlimm genug«, unterbrach ihn Mr Grogan, ohne überhaupt einen Blick in den Karton zu werfen. »Und jetzt braucht ihr einen Ersatz, ja? Damit eure Mutter nichts merkt? War wohl ein Familienerbstück, wie?«

Peter und Bob blickten einander überrascht an. »Na ja, eigentlich …«, begann Peter, »eigentlich wollten wir nur in Erfahrung bringen, wie wertvoll die Vase wohl war. Aber jetzt, da Sie es erwähnen, wäre es tatsächlich nicht schlecht, wenn –«

»Gar nichts wahrscheinlich«, unterbrach Grogan ihn. »Meistens sind die Sachen gar nichts wert. Die Leute glauben immer, sie hätten wer weiß was für Schätze zu Hause stehen, aber eigentlich ist es nur wertloses Industriezeug. Kein Handwerk! Weiß heutzutage ja keiner mehr zu schätzen.« Noch immer hatte er keinen Blick in den Karton geworfen, »'türlich kann ich euch ein Replikat anfertigen, wenn ihr Wert drauf legt. Kostet aber eine Kleinigkeit. Umsonst ist der Tod, und der kost' das Leben.« Er lachte gackernd. Dann endlich blickte er in den Karton. »Ah, chinesisch, soso. Deshalb schickt der Potter euch zu mir! Davon hat er nämlich keine Ahnung, der alte Anfänger! Der mit seinen billigen Tonkrügen! Hat wahrscheinlich noch nie aus einer Porzellantasse getrunken, geschweige denn eine hergestellt!« Er kramte ein bisschen in den Scherben herum und nahm eines der großen Bruchstücke zur Hand, auf dem ein Teil des weißen Drachen zu sehen war. Er runzelte die Stirn und starrte die Scherbe lange an. So lange, dass Peter und Bob sich schon zu fragen begannen, ob er sie vielleicht vergessen hatte, doch dann fragte Mr Grogan, ohne aufzusehen: »Woher habt ihr die?«

Bob war die Frage nicht geheuer. »Wieso, Mr Grogan? Ist etwas nicht in Ordnung?«

»Was soll denn nicht in Ordnung sein?«, schnappte Grogan.

»Also, woher habt ihr die?«

»Vom Trödel«, antwortete Bob wahrheitsgemäß.

»Vom Trödel, soso«, murmelte Mr Grogan vieldeutig, den Blick immer noch auf die Scherben geheftet.

Peter und Bob sahen einander verunsichert an. Schließlich fragte der Zweite Detektiv: »Können Sie uns sagen, was die Vase wert war, bevor sie kaputtging?«

»Natürlich kann ich das. Aber so einfach ist das nicht. Ich muss sie erst untersuchen. Und das dauert.« Mr Grogan verschloss den Karton und klemmte ihn unter den Arm. Erst dann blickte er wieder zu Bob und Peter hoch. »Es wird noch länger dauern, wenn ihr weiter meine Zeit stehlt!« Er drehte sich um und wollte schon ins Haus zurückkehren, doch Bob hielt ihn auf.

»Äh, einen Moment, Mr Grogan! Wie lange wird es dauern?«

»Eine Weile.«

»Und was sagten Sie über ein Replikat?«, fiel es Peter ein. »Könnten Sie wirklich eine Nachbildung der Vase anfertigen?«

»Das habe ich doch gerade gesagt. Hört ihr mir überhaupt zu?«

»Und was würde das kosten?«

»Das kommt darauf an, wie schnell ihr das Replikat braucht.«

»Sehr schnell«, erwiderte Peter. »Genauer gesagt… in ein paar Stunden.«

»Ha!« Mr Grogan rückte sich empört die Brille zurecht. »Was bin ich, eine Vasenfabrik? Ihr jungen Leute! Immer muss es schnell gehen! Wenn es dauert, hat es keinen Wert, was? ›In ein paar Stunden‹, Unverschämtheit, so was! Habt ihr überhaupt einen blassen Schimmer, wovon ihr redet? Ich muss diese Scherben hier vermessen, um zu wissen, wie die Vase überhaupt aussehen soll! Dann muss ich sie formen! Ich muss sie trocknen lassen! Ich muss sie brennen! Allein das erste Brennen dauert zwanzig Stunden! Dann muss ich sie glasieren und noch mal brennen. Und schließlich bemalen und ein drittes Mai brennen! Und das alles bis heute Nachmittag, was? Geht's euch noch gut?«

»Verzeihen Sie, Sir, wir … wir hatten ja keine Ahnung…«

»Das habe ich gemerkt!«

»Wie lange brauchen Sie denn?«, fragte Peter demütig.

»Eine Woche! Mindestens! Allermindestens! Und das kostet!«

»Wie viel denn?«

Mr Grogan nannte einen Preis, der Peter und Bob schlucken ließ.

Der dritte Detektiv rang mit sich. Dann sagte er: »In Ordnung. Machen Sie's!«

»Bob!«, rief Peter entsetzt. »Bist du von allen guten Geistern –«

»Komm schon, Peter, wenn wir zusammenschmeißen, ist es nicht so viel.«

»Warum sollten wir zusammenschmeißen? Ist es etwa meine Schuld, dass –«

»Nein. Aber Justus ist unser Freund und wir müssen ihm helfen.« Bob wandte sich an Mr Grogan und bekräftigte: »Machen Sie's! Und es wäre nett, wenn Sie sich trotzdem beeilen würden, unser Freund steckt nämlich in der Klemme. Und, ach ja, rufen Sie uns bitte an, sobald Sie uns mehr über das Alter und den Wert der Vase sagen können. Hier ist unsere Visitenkarte. Und zwanzig Dollar Vorschuss, mehr habe ich gerade nicht.«

Mr Grogan schien etwas erwidern zu wollen, offenbar mochte er es gar nicht, von jemandem Anweisungen entgegenzunehmen, der viel jünger und viel größer war als er selbst. Doch was immer ihm auf der Zunge lag, angesichts des Geldscheins schluckte er es herunter. »Und jetzt lasst mich arbeiten, sonst dauert's noch länger!« Er wandte sich um und schlurfte zum Haus zurück, wobei er unablässig weitermurmelte: »Ihr wollt doch bestimmt noch … surfen gehen oder … oder rauchen … oder Drogen nehmen oder so!«

»Danke, Mr Grogan!«, rief Bob ihm freundlich nach, dann war der alte Mann im Haus verschwunden.

Gleich nachdem Peter und Bob gegangen waren, wollte Justus es seiner Tante sagen. Doch die war plötzlich wie vom Erdboden verschluckt. Justus suchte sie im Bürohäuschen und überall auf dem Schrottplatz, ohne Erfolg. Eine Viertelstunde später tauchte sie endlich wieder auf. Sie war offenbar im Haus gewesen. Justus nahm all seinen Mut zusammen und ging auf Tante Mathilda zu. Doch als sie ihn bemerkte, beschleunigte sie ihren Schritt.

»Tante Mathilda!«, sagte Justus laut.

»Ich habe gerade überhaupt keine Zeit, Justus!«, rief seine Tante, ohne ihn dabei anzusehen. Eilig betrat sie das Bürohäuschen und schloss die Tür hinter sich.

Justus blieb verdutzt stehen. Tante Mathildas Verhalten war mehr als sonderbar. Und je länger er darüber nachdachte, desto sicherer war er, dass es dafür nur einen logischen Grund geben konnte: Sie hatte es herausgefunden. Und nun war sie so böse auf ihn, dass sie nicht einmal mehr mit ihm sprechen wollte.

Der Kloß im Hals war wieder da, schmerzhafter als je zuvor, und Justus wusste nicht mehr, was er tun sollte.

Während der nächsten Stunde schlich er um Tante Mathilda herum, beobachtete sie aus der Ferne und merkte, wie sie seiner Gegenwart und sogar seinen Blicken auswich. Die Situation war unerträglich. Es musste etwas geschehen.

Dann, gegen Mittag, als es ruhig war auf dem Schrottplatz und kein Kunde da war, um den sie sich kümmern musste, fasste Justus sich ein Herz und ging auf seine Tante zu. Die ging gerade mit einer Gießkanne in der Hand zu dem kleinen Kräutergarten, den sie vor einigen Wochen am Rande des Schrottplatzes angelegt hatte. »Tante Mathilda!«

Sie beschleunigte ihre Schritte. »Ah, ich bin gerade sehr beschäftigt!«

»Wir müssen miteinander reden«, beharrte Justus.

»Hat das nicht noch etwas Zeit?«

»Nein, hat es nicht.«

Endlich blieb sie stehen und drehte sich zu ihrem Neffen um. Doch anders als erwartet sah Justus in ihren Augen weder Zorn noch Enttäuschung, sondern … Unsicherheit. Vielleicht sogar ein bisschen Angst. »Du willst mit mir reden?«

»Ja. Über etwas sehr Wichtiges.«

Tante Mathildas Blick flackerte, dann brach es aus ihr heraus: »Oh, Justus! Du hast es herausgefunden! Es tut mir so leid, ich hätte es dir gleich sagen sollen! Aber ich wusste doch, wie wichtig es dir ist! Ich habe mich einfach nicht getraut! Oje, oje, wie soll ich das nur wiedergutmachen? Bist du mir böse, Justus? Justus, sag doch was!«

»Äh«, sagte Justus und verstummte.

»Oh, mein Gott, du *bist* mir böse! Aber es war ja keine Absicht! Es war gewissermaßen ein Unfall!«

»Sag mal, Tante Mathilda, ich habe das vage Gefühl,

dass wir gerade ein kleines bisschen aneinander vorbeireden. Worum genau, sagtest du, geht es?«

»Worum es geht? Na, um dein T-Shirt!«

»Um mein T-Shirt?«

»Um dein Lieblings-T-Shirt. Das mit den weißen Streifen an den Ärmeln. Na ja … genau genommen sind es jetzt rosa Streifen. Da war dieser neue rote Pullover, den ich mir gekauft habe. Und ich wollte ihn waschen, bevor ich ihn das erste Mal trage, heutzutage sind die Sachen ja immer mit irgendwas behandelt, wenn sie verkauft werden, das finde ich sehr unangenehm. Jedenfalls dachte ich noch bei mir: Hoffentlich färbt der nicht ab! Aber dann habe ich ihn trotzdem mit deinem T-Shirt zusammen in die Waschmaschine gesteckt, frag mich nicht, warum. Und jetzt… ist es rosa. Dein T-Shirt, meine ich.« Tante Mathilda blickte betreten zu Boden.

Langsam dämmerte es Justus. »Und das war heute Morgen? Und seitdem gehst du mir aus dem Weg?«

»Na ja … ich wusste nicht, wie ich es dir sagen sollte. Es war doch dein Lieblings-T-Shirt.«

Justus fiel ein riesiger Stein vom Herzen. »Tante Mathilda, soll ich ganz ehrlich sein?«

Seine Tante nickte stumm, und ihrem Gesichtsausdruck nach zu urteilen erwartete sie das Schlimmste.

»Das mit dem T-Shirt ist nicht tragisch.«

»Ist es nicht?«

»Nein. Tragisch ist etwas anderes.«

»Was denn?«

»Dass ich Mr Johnsons Vase kaputt gemacht habe.«

»Du hast… *was*?«

Und dann erzählte Justus die ganze Geschichte von Anfang an.

Sobald Bob und Peter zurück waren, bestürmten sie Justus mit ihren Erlebnissen beim Potter und bei Mr Grogan. Abwechselnd berichteten sie ihm, was sie in Erfahrung gebracht hatten.

»Und dann haben wir ein Replikat in Auftrag gegeben«, schloss Bob. »Kostet zwar eine Stange Geld, aber wir haben beschlossen, dass wir zusammenlegen.«

Justus blickte gerührt von einem zum anderen. »Das ist … wirklich sehr nett von euch.«

Bob grinste zu Peter hinüber. »Siehst du, Justus findet es nett von uns!«

»Das ist ja wohl auch das Mindeste«, gab Peter mit gespieltem Ernst zurück.

»Ich werd's euch zurückzahlen«, versprach Justus. »Wenn ich wieder etwas flüssiger bin als jetzt.«

»Mach dir darüber mal keine Gedanken. Wie war es denn überhaupt bei dir? Kennt deine Tante jetzt endlich die Wahrheit?«

Justus nickte erleichtert. »Und sie war gar nicht sauer! Jedenfalls nicht wirklich. Ich hätte die Vase schließlich nicht absichtlich heruntergeschmissen, meinte sie. Und wichtig wäre ja nur, dass ich es ihr gesagt habe.«

»Stimmt ja auch«, fand Peter. »Auf deine Tante ist Verlass, Justus, das wusste ich schon immer!«

»Ja. Das Problem mit Mr Johnson besteht allerdings weiterhin. Ob er so verständnisvoll sein wird, wage ich zu bezweifeln.«

»Wir müssen ihn irgendwie abfangen«, meinte Bob. »Sobald er mit seiner Heather hier auftaucht, nehmen wir ihn beiseite und erklären ihm die Situation. Kann sein, dass er nicht begeistert sein wird. Aber wenn wir ihm von dem Replikat erzählen, das bereits in der Mache ist, wird er sich beruhigen, ganz bestimmt. Dann wird's halt kein Geburtstags-, sondern ein Hochzeitsgeschenk für Heather. Ist doch auch gut.«

Doch es kam alles ganz anders. Der Nachmittag floss träge dahin, ohne dass sich etwas Besonderes ereignete. Es war wenig los, und je später es wurde, desto nervöser wurden die drei Detektive. Sie waren dazu übergegangen, direkt an der Einfahrt Wache zu halten, um Mr Johnson ja nicht zu verpassen. Aber die Sonne sank immer tiefer und Mr Johnson kam nicht. Und irgendwann keimte in Justus die Hoffnung auf, dass Johnson gar nicht mehr auftauchen würde und Justus ihm somit auch nichts erklären musste.

Schließlich kam Onkel Titus auf die drei ??? zu, blickte auf die Uhr und zuckte mit den Schultern. »Tja, Pech für ihn. Feierabend war schon vor einer halben Stunde.« Er ging zum schmiedeeisernen Tor, schob es zu und drehte den Schlüssel im Schloss herum.

Justus glaubte, dass jeder das Plumpsen des Steins, der ihm vom Herzen fiel, hören musste. »Er ist nicht gekommen!«, raunte er Peter und Bob zu.

»Das haben wir gemerkt!«, raunte Bob zurück und grinste.

»Wisst ihr, was das bedeutet?«

»Nein.«

»Ich auch nicht. Aber eines ist sicher: Ich habe noch eine Schonfrist! Vielleicht kommt er ja auch morgen nicht. Oder die ganze nächste Woche. Und dann ist das Replikat schon fertig. Vielleicht merkt er gar nichts!«

»Freu dich nicht zu früh«, warnte Peter.

»Tue ich nicht. Aber ich freue mich auf etwas anderes.«

»Worauf denn?«, wollte Bob wissen.

»Auf die Ermittlungen.«

»Was denn für Ermittlungen?«

»Die wir in Sachen Ming-Vase anstellen werden.«

»In Sachen Ming-Vase?«, wiederholte Peter. »Aber wieso …«

»Peter!«, sagte Justus vorwurfsvoll. »Wir wissen, dass Beverly Leungs Ming-Vase gestohlen wurde. Und wir wissen, dass hier einige merkwürdige Dinge vor sich gehen. Der einzige Grund, warum wir bisher nichts unternommen haben, ist der, dass wir dringendere Dinge zu tun hatten. Aber das hat sich dank Mr Grogans Hilfe erledigt, also schlage ich vor, uns mit Vollgas in den Fall ›weißer Drache‹ zu stürzen!«

Bob und Peter sahen einander an. »Okay, nach diesem doch ziemlich öden Nachmittag habe ich nichts dagegen«, meinte der Zweite Detektiv. »Aber wo sollen wir anfangen? Haben wir ein Spur?«

»Wir haben einen ganzen Sack voller Spuren: Wir könnten uns noch mal mit Miss Leung unterhalten oder wir könnten versuchen, Prinz Eisenherz ausfindig zu machen. Aber ehrlich gesagt reizt mich eine andere Spur sehr viel mehr.« Justus lächelte grimmig.

»Lass mich raten«, meinte Bob, und auch Peter ahnte, worauf der Erste Detektiv hinauswollte.

Sie sprachen es alle drei gleichzeitig aus: »Skinny Norris.«

Im Haus des Feindes

Skinny war in den letzten Monaten nicht in Rocky Beach gewesen. Da er nicht mehr zu Hause wohnte, hatten die drei Detektive zunächst keine Ahnung, wo sie ihn finden sollten. Doch das stellte sich als das geringste Problem heraus: Skinny war unter den Jugendlichen von Rocky Beach bekannt wie ein bunter Hund. Justus, Peter und Bob klapperten ein paar Fastfood-Läden und Eisdielen ab und fragten Leute in ihrem Alter, und schon bald hatten sie die gewünschte Information: Skinny lebte in einem Apartment in Little Rampart, dem schäbigsten Wohngebiet von Rocky Beach, das eigentlich nur aus einem einzigen Block bestand und eher scherzhaft wie ein richtiges Viertel genannt wurde.

»Seltsam, dass es Skinny ausgerechnet hierher verschlagen hat«, meinte Peter, als sie ihre Fahrräder eine Straße weiter abstellten. »Ja?«, sagte Bob. »Ich finde, die Gegend passt zu Skinny.«

»Schon. Aber ich dachte, seine Eltern hätten Geld.«

»Haben sie auch. Aber wahrscheinlich geben sie ihm nichts mehr. Würde ich auch nicht machen an deren Stelle.«

»Und was ist mit dem Finderlohn, den Skinny kassiert hat, als wir ihm das letzte Mal begegnet sind? Das war eine ganz schöne Stange Geld!«

»Ich möchte es gar nicht so genau wissen«, meinte Justus.

Die drei ??? gingen auf das große, düstere Backsteinhaus zu, in dem mindestens dreißig Mietparteien wohnten, unter ihnen auch Skinny Norris. Hinter vielen Fenstern flimmerte blaues Fernseherlicht. Hier und da lief laute Musik, die sich auf der Straße zu einer unangenehmen Geräuschkulisse vermischte.

»So«, sagte Bob und blickte ratlos die steinernen Fassaden empor. »Und wo finden wir jetzt Skinny?«

Die genaue Adresse hatte nämlich niemand gewusst.

»Wir könnten die Klingelschilder abklappern«, schlug Justus vor.

»Oder wir fragen Rubbish George!«, fiel es Peter ein und war schon auf dem Weg in einen der Innenhöfe, wo der Landstreicher Rubbish George in einem kleinen Bretterverschlag lebte. Rubbish George war nicht nur in ganz Rocky Beach bekannt, er kannte auch andersherum ganz Rocky Beach.

Bob und Justus warteten an der Straße, bis Peter drei Minuten später zurückkehrte. Er zog eine säuerliche Miene.

»Was ist?«, fragte Bob. »Ist George nicht da?«

»Doch«, knurrte Peter. »Und er wusste natürlich auch, wo Skinny wohnt. Aber er hat mir drei Dollar für diese Information abgeknöpft.«

»Drei Dollar?« Justus hob die Augenbrauen. »Da hätten wir besser nach der richtigen Klingel suchen können.«

»Zuerst wollte er fünf haben!«, verteidigte sich Peter. »Es war also sozusagen ein Schnäppchen. Dafür konnte George mir ein paar Gerüchte erzählen, die er aufgeschnappt hat: Skinny war angeblich für eine Weile in Las Vegas!«

»Lass mich raten«, bat Bob. »Da hat er seinen Finderlohn verzockt.«

»Genau!« Peter konnte sich ein Lachen nicht verkneifen. »Das sieht Skinny ähnlich! Kaum lacht ihm mal für einen Moment das Glück, vermasselt er sofort alles. Wenn er nicht so ein Idiot wäre, könnte er einem glatt leidtun.«

Peter führte seine Freunde zum zweiten der großen Wohnblocks an der Straße und wies nach oben. »Dritter Stock, das zweite Fenster von rechts. Da wohnt er.«

»Da brennt Licht«, stellte Justus fest. »Skinny ist also zu Hause.«

»Was hast du eigentlich vor?«, wollte Bob wissen. »Willst du ihn zur Rede stellen oder so?«

»Vielleicht später. Erst mal sollten wir beobachten, was er tut. Möglicherweise finden wir etwas heraus.«

Die drei Detektive betraten das Haus. Die Wände waren mit Graffitis besprüht, einige Briefkästen waren halb abgerissen und die Ecken lagen voller Papiermüll.

Im dritten Stock lag ein langer Flur, von dem aus mehrere einfache Türen abzweigten. Sie hatten alle eines gemeinsam: viele Schlösser. Offenbar traute hier keiner der Anwohner seinem Nachbarn. Von irgendwo her drang der lautstarke Streit eines Pärchens zu ihnen.

Bald hatten sie Skinnys Wohnung ausfindig gemacht. An der Tür gab es weder Namensschild noch Klingel, aber in das Holz waren sehr plump die Buchstaben ›S.N.‹ eingeritzt worden.

»Schreckensbleiches Nervenbündel«, murmelte Peter und hielt sein Ohr an die Tür. Das Klappern von Geschirr drang an sein Ohr, vermischt mit Hip-Hop-Musik. »Also, er ist auf jeden Fall da und scheint mit Abwaschen beschäftigt zu sein«, flüsterte Peter. »Was jetzt?«

»Ist er allein?«, fragte Justus.

»Schwer zu sagen, die Musik ist zu laut.«

»Hm«, machte Justus nachdenklich. Doch noch bevor er eine Idee hatte, hörten sie plötzlich hinter sich ein Geräusch. Eine Tür am Ende des Ganges, nur zehn Meter von ihnen entfernt, wurde aufgerissen, und ein junger, breitschultriger Mann trat in den Flur. Die drei ??? zuckten von Skinnys Tür zurück und taten so, als wären sie gerade im Aufbruch begriffen. Doch der Nachbar beachtete sie gar nicht, sondern stürmte wutschnaubend an ihnen vorbei.

»Das war der, der sich mit seiner Freundin gestritten hat«, raunte Peter. »Jetzt ist endlich Ruhe.«

»So geht das nicht«, murmelte Justus. »Wenn wir weiter hier auf dem Gang herumlungern, werden wir noch entdeckt.«

Plötzlich klingelte ein Telefon. Es kam eindeutig aus Skinnys Apartment. Alle drei lauschten angestrengt. Jemand ging an den Apparat und sprach, doch die Musik war so laut, dass sie kein Wort mitbekamen.

»Das ist auf jeden Fall Skinnys Stimme!«, raunte Justus. »Wenn wir doch nur mitbekämen, was er sagt!«

»Ich habe eine Idee!«, sagte Peter und verließ seinen Horchposten. Aufgeregt winkte er seinen Freunden, ihm zu folgen.

»Was hast du denn vor?«, wollte Bob wissen, doch Peter antwortete ihm nicht. Er lief hinunter in den ersten Stock und betrat dort den Flur, in dem sich das gleiche Bild bot wie oben: verschlossene Türen links und rechts, allerdings mit einer Ausnahme: Eine Tür nahe der Treppe schien aufgebrochen worden zu sein. Die Polizei hatte ein schwarz-gelbes Absperrband über den Rahmen geklebt, doch auch das war längst zerrissen worden und hing in Fetzen vom Holz.

»Hier ist wohl vor einiger Zeit jemand eingestiegen«, stellte Bob fest.

»Ja, das ist mir vorhin beim Hochgehen schon aufgefallen«, erklärte Peter und trat auf die Tür zu.

»Was willst du denn dadrin? Du darfst da nicht rein, Peter!«, versuchte Bob ihn zurückzuhalten.

»Ach was! Das Apartment steht leer, siehst du.« Peter gab der Tür einen leichten Tritt und sie schwang quietschend nach innen auf. Dahinter breitete sich Chaos aus: eine alte, fleckige Matratze lag in der Ecke, überall standen Flaschen herum, Zigarettenkippen lagen auf dem Boden und die Wände waren auch hier beschmiert. Ein halbes Dutzend leerer Pizzakartons vervollständigten das Bild, und Bob glaubte kurz, einen flinken Schatten davonhuschen zu sehen, und hoffte, dass es eine Katze gewesen war und keine katzengroße Ratte. »Da ist es ja selbst bei Rubbish George gemütlicher.«

»Sag ich doch: Hier wohnt niemand mehr. Kommt schon!«

»Was hast du denn vor?«

»Ich ahne es langsam«, sagte Justus und folgte Peter in das Apartment. »Die Feuerleiter, stimmt's, Zweiter? Du willst nach oben klettern und Skinny durchs Fenster beobachten!«

»Gut kombiniert, Erster«, sagte Peter grinsend und hatte schon ein Bein aus dem Fenster geschwungen. Er betrat das rostige Leitergerüst. Unter ihm lag eine schmale Gasse, in der die Mülltonnen des Wohnblocks standen. Zwei, drei Katzen machten sich gerade über den Abfall her und zuckten zusammen, als die Leiter über ihnen quietschte. Nacheinander kletterten sie die wacklige Leiter hoch. Peter erreichte den dritten Stock als Erster. Er warf nur einen kurzen Blick in Skinnys Apartment. Es sah fast so chaotisch aus wie die Wohnung im ersten Stock, mit dem Unterschied, dass Skinny hier wirklich wohnte. Skinny hatte das Fenster nur einen Spaltbreit geöffnet, doch das genügte. Zwar war die Musik noch genauso laut wie vorhin, doch Skinny stand nahe genug am Fenster, um ihn zu verstehen.

»Zum hundertsten Mal, ich weiß nicht, wie sie Ihnen auf die Spur gekommen sind!«, rief Skinny wütend. »Wird wohl stimmen, was der Dicke gesagt hat: Er hat irgendwas übers Internet rausgekriegt. – Ja, ich weiß, aber das sind halt drei Schlauberger. Die machen ständig so was. – Hören Sie, kann ich etwa was dafür, dass die Vase bei denen auf dem Schrottplatz gelandet ist? Ich habe meinen Auftrag erledigt und will mein Geld!« Eine Weile lang hörte Skinny schweigend zu. Dann explodierte er förmlich: »Ich soll *was*? Das war nicht abgemacht! Die haben mich letztes Mal schon beinahe erwischt! – Was soll das heißen, das kümmert Sie nicht? Wir hatten eine Vereinbarung! – Aber …« Skinny wurden unterbrochen und lauschte wieder eine Weile. Dann sagte er mit vor Zorn bebender Stimme: »Jawohl, Ma'm!«, und legte wutschnaubend auf.

Peter hörte, wie Skinny irgendetwas zusammenpackte, wagte jedoch nicht, durchs Fenster zu blicken. Kurze Zeit später wurde die Musik ausgeschaltet und das Licht gelöscht, dann hörte er die Tür zuschlagen.

»Er haut ab!«, raunte Peter. »Sollen wir hinterher?«

Justus überlegte blitzschnell. »Ihr beide folgt ihm! Ich sehe mich in seinem Apartment um!«

Peter und Justus tauschten die Plätze, dann waren Peter und Bob auch schon auf dem Weg nach unten. Justus hörte noch, wie sie sich am Ende der Leiter, das sich in zwei Metern Höhe befand, auf den Boden fallen ließen und zur Straße eilten, dann wandte er sich dem Fenster zu und schob es auf. Der Geruch von kalter Pizza, Bier und Zigarettenqualm drang ihm entgegen, als er umständlich hindurchkletterte und über die Spüle, die mit dreckigem Geschirr vollgestellt war, auf den

Boden rutschte. Dann sah er sich um. »Dann wollen wir doch mal sehen, was du zu verbergen hast, Skinny Norris!«

Als Bob und Peter um die Ecke auf die Straße bogen, bekamen sie gerade noch mit, wie Skinny das Haus verließ, in seinen blauen Sportwagen stieg und den Motor anließ.

»Verflixt!«, rief Bob. »Und wir sind mit den Fahrrädern hier, die noch dazu zwei Blocks weiter –«

Doch Peter bekam den Rest schon nicht mehr mit, denn er war losgesprintet auf die andere Straßenseite, um von Skinny nicht gesehen zu werden, und rannte zu den Rädern.

Als er sie endlich erreicht hatte, war das Röhren des Sportwagens längst verklungen, doch Peter rechnete sich trotzdem eine Chance aus, ihn noch einzuholen. Denn wenn er das Telefonat richtig verstanden hatte, wusste er, wohin Skinny fuhr.

Er sprang aufs Rad und trat in die Pedalen, und tatsächlich, an der nächsten Kreuzung stand Skinnys Wagen an einer roten Ampel. Peter holte auf, doch als es grün wurde, drehte Skinny auf der Kreuzung eine große Runde – und kehrte um!

Peter wandte das Gesicht ab, damit Skinny ihn nicht erkannte, und ließ den Wagen an sich vorbeifahren, dann machte er ebenfalls kehrt und folgte ihm zurück nach Little Rampart. Skinny hielt vor seinem Haus, sprang aus dem Wagen und eilte hinein.

»Verdammt!«, zischte Peter und stieg vom Rad. Vor dem Haus begegnete er Bob.

»Peter, was ist passiert? Wieso seid ihr schon wieder da?«

»Keine Ahnung! Skinny hat wohl was vergessen! Ist Justus noch da oben?«

»Schätze schon. Er wird Skinny –«

»Direkt in die Arme laufen!«

Das Apartment war schnell erkundet. Skinny besaß nicht viel: einen großen Haufen schmutziger Klamotten in einer Ecke (und einen kleinen mit sauberen in der anderen), eine Anlage mit einem Stapel CDs daneben, einen Tisch, auf dem alles Mögliche lag, ein knarziges Bett, ein karges Bad und eine Küchenzeile mit summendem Kühlschrank.

Justus wühlte ein bisschen in der ungeöffneten Post auf dem Tisch, doch es waren nur unbezahlte Strom- und Telefonrechnungen. Er sah sich noch eine Weile um, öffnete den Kühlschrank, der beinahe leer war, und hob die Matratze des Bettes an, doch darunter war nur Staub. Dann fiel sein Blick auf eine Digitalkamera. Er nahm sie neugierig zur Hand und schaltete sie ein. Nach ein paar Handgriffen zeigte das Display die Bilder, die zuletzt mit der Kamera geschossen worden waren. Justus betrachtete sie äußerst interessiert. So interessiert, dass er das Geräusch an der Tür viel zu spät bemerkte.

Justus, der zum Betrachten der Bilder in die Hocke gegangen war, ließ die Kamera fallen, sprang auf und hechtete zur Tür ins Bad. Keine Sekunde zu früh, denn in diesem Augenblick öffnete sich die Apartmenttür. Justus hatte keine Zeit mehr, sich hinter dem Duschvorhang zu verstecken. So drückte er sich einfach hinter der Tür an die Wand. Mit klopfendem Herzen lauschte er.

Skinnys schwere Schritte trampelten durch das Apartment und Justus hörte ihn leise fluchen: »Wo ist denn nur die verdammte Kamera!?«

Justus' Herz schien stehen zu bleiben. Die Kamera! Er hatte natürlich keine Zeit gehabt, sie auszuschalten. Wenn Skinny sie nun fand, und das würde er in wenigen Sekunden, denn sie lag ganz offen neben der Badezimmertür auf dem Boden, dann würde er wissen, dass jemand hier war!

Justus ging fieberhaft alle Möglichkeiten durch, die er hatte, was nicht viele waren, und entschied sich für die Flucht nach vorn. Er legte sich gerade den Satz zurecht, den er Skinny an den Kopf werfen wollte, wenn dieser das Bad betrat, als plötzlich draußen auf der Straße jemand laut hupte, immer und immer wieder. Eine Autoalarmanlage!

»Was –«, begann Skinny, und seine Schritte eilten

zum Fenster. »He!«, rief er. »He!« Dann rannte er Hals über Kopf aus dem Apartment.

Justus nutzte seine Chance. Jetzt oder nie! Er verließ das Bad, schaltete die Kamera aus, eilte zum Fenster und kletterte, so schnell er konnte, nach draußen. In Windeseile machte er sich an den Abstieg und ließ sich die letzten zwei Meter zu Boden fallen. Er huschte zur Straße und spähte vorsichtig um die Ecke. Dort hockte Skinny bei geöffneter Fahrertür in seinem Wagen und schaltete gerade den Alarm aus. Dann blickte er sich wütend nach den Übeltätern um, doch es war niemand zu sehen. »Wenn ich euch erwische, geht's euch schlecht!«, brüllte Skinny ziellos die Straße hinunter, dann kehrte er zornig ins Haus zurück. Justus rannte an dem Wohnblock vorbei zu der Stelle, wo sie ihre Fahrräder abgestellt hatten. Dort traf er auf Peter und Bob, die ihn aufgeregt bestürmten.

»Just! Ist alles gut gegangen?«

»Ja, zum Glück. Aber es war knapp. Skinny hätte mich beinahe entdeckt, aber dann ging der Alarm an seinem Auto los und –«

»Das waren wir«, sagte Bob stolz. »Wir haben gesehen, dass Skinny noch mal zurückkommt, und dachten uns, dass dich das in Schwierigkeiten bringen würde.«

»Erstklassige Arbeit, Kollegen!«

»Was wollte er denn noch mal in seiner Wohnung?«

»Er hatte seine Kamera vergessen«, antwortete Justus. »Und stellt euch vor, was ich auf dieser Kamera entdeckt habe!«

»Wir stellen es uns später vor«, unterbrach Peter ihn. »Jetzt müssen wir zurück zum Schrottplatz! Denn wenn mich nicht alles täuscht, sprach Skinny am Telefon von einem zweiten Einbruchsversuch!«

Schon waren sie auf ihren Rädern und auf dem Weg zurück. Sie erreichten den nur wenige Minuten entfernten Schrottplatz als Erste und schoben ihre Fahrräder durch das Rote Tor. Kurz darauf rollte Skinnys Sportwagen heran und blieb in einiger Entfernung am Straßenrand stehen.

»Hab ich's mir doch gedacht!«, flüsterte Peter. »Was machen wir jetzt? Sollen wir uns auf die Lauer legen und ihn auf frischer Tat ertappen?«

Justus überlegte einen Moment. »Das wäre nur in einem Fall klug: Wenn wir wollten, dass die Polizei ihn festnimmt.«

»Prima!«, meinte Bob. »Wollen wir doch!«

»Nein«, entschied Justus. »Skinny hat uns gerade, ohne es zu wissen, ein paar aufschlussreiche Hinweise im Fall ›weißer Drache‹ geliefert. Wenn wir ihn nun Inspektor Cotta übergeben, verbauen wir uns die Chance, noch mehr von ihm zu erfahren. Zunächst sollten wir ihm keine Gelegenheit bieten, hier herumzuschleichen. Dann planen wir in aller Ruhe unsere nächsten Schritte.«

Bob und Peter waren nicht sicher, ob sie Skinny so einfach davonkommen lassen wollten, widersprachen aber nicht.

Fünf Minuten später saßen die drei ??? auf der Veranda des Wohnhauses bei Kerzenschein und drei Gläsern Cola. Von hier aus hatten sie den ganzen Schrottplatz gut im Blick, und auch Skinny, der das Gelände wahrscheinlich von der Straße aus beobachtete, würde schnell klar werden, dass es kein geeigneter Zeitpunkt für einen Einbruch war, solange seine Erzfeinde gemütlich plaudernd auf der Veranda saßen.

»Also, was wissen wir bis jetzt?«, eröffnete Justus das Gespräch, und Bob beugte sich über seinen Notizblock, um die wichtigsten Fakten festzuhalten.

»Vor zwei Wochen wird bei Beverly Leung eingebrochen und ihre Sammlung chinesischer Vasen gestohlen, darunter der ›weiße Drache‹ im Wert von etwa dreißigtausend Dollar. Die Alarmanlage wird irgendwie umgangen, niemand weiß wie. Gestern taucht Mr Johnson hier auf und hat eine Vase bei sich, die genauso aussieht, und will sie bei Onkel Titus deponieren, angeblich für seine Freundin. Doch weder Mr Johnson noch seine Freundin Heather lassen sich am nächsten Tag blicken. Stattdessen treiben sich zuerst Prinz Eisenherz und dann Skinny hier herum, beide sehr offensichtlich und vor allem sehr energisch auf der Suche nach ebendieser Vase. Was die Vermutung nahelegt, dass es entweder wirklich eine wertvolle Ming-Vase war oder Skinny und Prinz Eisenherz das wenigstens glauben. Wenn wir davon ausgehen, dass es sich um Beverly Leungs Vase handelte, müssen wir annehmen, dass sowohl der Prinz als auch Skinny entweder mit dem Dieb zu tun haben oder aber selbst die Diebe sind und ihnen das Diebesgut irgendwie abhandengekommen ist.«

»Zum Beispiel durch Mr Johnson«, meinte Bob. »Und nun wollen es Eisenherz und Skinny wiederhaben.«

»Genau. Mr Johnson könnte die Vase also hier versteckt haben, weil sie ihm auf den Fersen waren.«

»Aber warum hat er Onkel Titus dann nicht gebeten, die Vase an einem sichereren Ort unterzubringen?«, warf Peter ein. »Zum Beispiel in seinem Schuppen? Den kann man immerhin abschließen. Er hat ja darauf bestanden, selbst einen Platz für die Vase auszusuchen, und dann einen gewählt, den man nicht wirklich als versteckt bezeichnen kann, oder?«

»Exakt, Peter. Und zu allem Überfluss wurde das auch noch beobachtet.«

»Beobachtet?« Bob sah von seinen Notizen auf. »Von wem denn?«

»Von Skinny.«

»Wie kommst du denn darauf? Hast du ihn gestern etwa gesehen?«

»Nein. Aber ratet mal, was ich vorhin auf dem Speicher seiner Digitalkamera entdeckt habe: Fotos, auf denen Mr Johnson und der ›weiße Drache‹ zu sehen sind. Und Tante Mathilda, Onkel Titus und ich. Bei uns auf dem Schrottplatz. Die kann er nur gestern Nachmittag gemacht haben, von der Straße aus. Habt ihr ihn nicht gesehen, als ihr hierherkamt?«

Peter und Bob schüttelten die Köpfe. »Das hätten wir dir bestimmt erzählt.«

»Dann muss er sich versteckt haben. Wie dem auch sei, der Fokus der Bilder war ganz klar auf die Vase gerichtet. Skinny hat Johnson also entweder verfolgt oder er wusste, dass er zum Schrottplatz kommen würde, und hat hier auf ihn gewartet. Und dann hat er den Weg der Vase mit der Kamera dokumentiert. Und im Nachhinein kommt es mir so vor, als sei Johnson das durchaus bewusst gewesen.« Justus sah auffordernd in die Runde, doch Peter und Bob waren ratlos.

»Und was bedeutet das jetzt?«, fragte Peter.

»Dass Johnson Skinny auf eine Spur locken wollte. Entweder auf die falsche oder auf die richtige, denn es könnte ja auch sein, dass die beiden irgendwie zusammenarbeiten. Diese Möglichkeit sollten wir nicht außer Acht lassen.«

»Was ist mit Eisenherz?«, fragte Bob. »Wie passt der ins Bild?«

»Er könnte Skinnys Komplize sein oder sein Gegenspieler. Oder keines von beidem.«

»Ein bisschen vage, findest du nicht?«, meinte Peter.

»Ich gebe zu, dass die Frage, wer auf welcher Seite steht, in diesem Fall äußerst schwierig zu beantworten ist. Aber wenn ich daran denke, was du vorhin belauscht hast, Zweiter, so scheint doch klar zu sein, dass wir wenigstens eine Figur in diesem Spiel bisher falsch beurteilt haben.«

»Mann, Just, mach's nicht so kompliziert!«, nörgelte Peter. »Sag uns einfach, was du weißt!«

»Wissen wäre übertrieben. Aber die Hinweise lassen den starken Verdacht aufkommen, dass Skinny vorhin mit niemand anderem als Beverly Leung telefoniert hat!«

Bob runzelte die Stirn. »Mit Beverly Leung? Aber sie ist doch die Geschädigte! Warum sollte sie … das ergibt doch keinen Sinn!«

»Ich gebe zu, auch ich habe noch keine Erklärung dafür, aber Skinny sprach von unseren Internetrecherchen, davon, dass wir dadurch jemandem auf die Spur gekommen sind, und er antwortete mit ›Ja, Ma'm‹. Und die einzige Frau, die als Gesprächspartnerin für eine solche Unterredung infrage kommt, ist Beverly Leung.«

Peter schüttelte verwirrt den Kopf. »Also, ich verstehe überhaupt nichts mehr.«

»Uns fehlen noch einige Informationen«, gab der Erste Detektiv zu. Dann gähnte er herzhaft. »Aber wisst ihr was? Morgen ist auch noch ein Tag, um diese Informationen zu beschaffen. Für heute sollten wir es dabei belassen. Es war ein sehr, sehr langer Tag.«

Bob und Peter waren sofort seiner Meinung und beschlossen, nach Hause zu fahren. Der dritte Detektiv hatte schon nach seiner Jacke gegriffen, als ihm noch etwas einfiel: »Was machen wir mit Skinny? Er liegt doch bestimmt noch auf der Lauer und wartet darauf, dass wir endlich verschwinden. Sollen wir ihn von der Polizei verscheuchen lassen?«

Justus überlegte. »Nein, ich habe eine bessere Idee. Er sucht die Vase, richtig? Nun, die wird er nicht finden, weil sie nicht hier ist. Also kann er meinetwegen so lange über den Schrottplatz streunen, wie er will.«

»Du willst ihn einfach machen lassen?«, fragte Peter überrascht. »Ohne Denkzettel?«

Justus zwinkerte ihm zu. »Natürlich *nicht* ohne Denkzettel!« Er stand auf und verschwand wortlos. Bob und Peter sahen einander fragend an, doch noch bevor sie spekulieren konnten, was Justus vorhaben mochte, kehrte er schon wieder zurück, eine große Pappschachtel unter den Arm geklemmt.

»Was ist das?«, wollte Bob wissen.

Justus stellte die Schachtel auf den Tisch und öffnete sie. Sie war voller nagelneuer Mausefallen. »Tante Mathilda bat mich, die hier aufzustellen. Das hätte ich beinahe vergessen.« Er zwinkerte seinen Freunden zu, dann lachte er.

Bob begriff sofort, worauf Justus hinauswollte. »Na, dann wollen wir deine Tante nicht enttäuschen!«

Justus lag noch beinahe eine Stunde lang wach, bevor etwas passierte. Dann hörte er durch sein geöffnetes Fenster draußen auf dem Schrottplatz Schritte und schon kurz darauf ein metallenes Schnappen und einen unterdrückten Schmerzensschrei. Das nächste Schnappen und der nächste Schrei, gefolgt von leisem Fluchen, ließen nicht lange auf sich warten.

Nach der achten Mausefalle, in die Skinny seine Finger oder seine Zehen gesteckt hatte, suchte er endlich das Weite, und Justus schlief mit einem Grinsen auf dem Gesicht ein.

Unter Verdacht

Am nächsten Morgen stand Justus mit seinem Marmeladensandwich in der Hand vom Frühstückstisch auf und ging nach draußen auf den Schrottplatz, um die Mausefallen zu überprüfen und zu sehen, ob Skinny womöglich doch etwas gestohlen oder zerstört hatte. Doch abgesehen von den zugeschnappten Fallen und ein paar schwachen Spuren auf dem Kiesboden (wo er vermutlich auf einem Bein herumgehüpft war, um seine Zehen von einer Mausefalle zu befreien) deutete nichts darauf hin, dass das Gebrauchtwarencenter T. Jonas in dieser Nacht unerwünschten Besuch gehabt hatte.

»Was treibst du denn schon vor dem Frühstück auf dem Schrottplatz?«, wollte Onkel Titus wissen, nachdem Justus wieder in der Küche saß und anfing, sich über eine große Schüssel Miller's Cornflakes herzumachen.

»Ich habe nur nachgesehen, ob die Mausefallen was gebracht haben.«

»Und?«, fragte Tante Mathilda wissbegierig. »Haben sie?«

Justus nickte und steckte sich einen Löffel Cornflakes in den Mund, um sein Grinsen zu verbergen.

»Was unternehmen wir denn nun wegen Mr Johnson und seiner Vase?«, wärmte Tante Mathilda das gestrige

Thema noch einmal auf. »Meint ihr, er lässt sich hier heute blicken?«

»Das werden wir schon sehen«, erwiderte Onkel Titus abwesend, ohne von seiner Zeitung aufzublicken.

Noch bevor Tante Mathilda etwas erwidern konnte, drang ein energischer Ruf über den Schrottplatz zu ihnen.

»Mr Jonas! Mr Jonas, sind Sie zu Hause? Mr Jonas!«

Neugierig blickten alle drei aus dem Fenster. Draußen vor dem schmiedeeisernen Tor, das heute, am Sonntag, geschlossen war, standen drei Polizisten, zwei Männer und eine Frau, und spähten durch die Gitterstäbe.

»Die Polizei?«, wunderte sich Tante Mathilda und warf Justus sofort einen durchdringenden Blick zu. »Justus, du hast doch nicht etwa wieder irgendwas angestellt!«

»Was heißt denn hier ›wieder‹?«, beschwerte sich Justus. »Du tust ja gerade so, als würde die Polizei hier jede Woche auftauchen!« Tatsächlich konnte Justus sich nicht daran erinnern, dass sie überhaupt schon mal aufgetaucht war. Jedenfalls nicht, ohne dass er es erwartet hatte.

»Du weißt genau, was ich meine. Peter, Bob und du – steckt ihr etwa schon wieder in Schwierigkeiten?«

»Wir stecken nie in Schwierigkeiten, Tante Mathilda«, erwiderte Justus säuerlich, obwohl das überhaupt nicht stimmte. Zum Glück ging Onkel Titus schon zur Tür und beendete damit die Diskussion, denn Tante Mathilda und Justus folgten ihm neugierig.

Als die Polizisten die drei auf sich zukommen sahen, warteten sie geduldig, bis Onkel Titus vor ihnen stand.

»Sind Sie Mr …« Der Mann blickte auf einen Zettel. »… Titus Andronicus Jonas?«

»Der bin ich. Und Sie sind?«

»Sergeant O'Callaghan, Polizeirevier Rocky Beach. Lassen Sie uns rein!«

»Wir haben sonntags geschlossen«, antwortete Onkel Titus freundlich.

»Wir sind bestimmt nicht hier, um etwas zu kaufen.« Der Sergeant lächelte abfällig.

»Sondern?«

»Mr Jonas, wir haben einen Durchsuchungsbefehl für Ihr Grundstück.« O'Callaghan zog ein Schreiben hervor und reichte es Onkel Titus durch die Gitterstäbe.

Titus Jonas blinzelte verwirrt und starrte auf das Schriftstück, ohne es wirklich zu lesen.

»Durchsuchungsbefehl? Ich verstehe nicht. Warum?«

»Mr Jonas, Sie stehen unter dem Verdacht der Hehlerei.«

Onkel Titus schnappte nach Luft.

»Hehlerei?«, wiederholte Tante Mathilda entsetzt.

»Das bedeutet, man bezichtigt Onkel Titus, Diebesgut weiterzuverkaufen«, raunte Justus ihr zu.

»Ich weiß, was Hehlerei ist, Justus«, fauchte Tante Mathilda und wandte sich sogleich an Sergeant O'Callaghan: »Hören Sie, guter Mann, das kann ja wohl nur eine Verwechslung sein! Mein Mann, ein Hehler? Das ist doch ein Scherz!«

»Bedaure, Ma'm, das ist es nicht. Und nun gewähren Sie uns Zutritt zu Ihrem Grundstück. Sonst müssen wir ihn uns selbst verschaffen.«

Tante Mathilda setzte zum Protest an, doch Onkel Titus schloss bereits das Tor auf und ließ die Polizisten eintreten. O'Callaghan gab seinen Kollegen einen Wink, woraufhin sie sofort ausschwärmten und den Schrottplatz unter die Lupe nahmen.

»Könnten Sie das bitte näher erläutern?«, fragte Justus, nachdem er seinen ersten Schrecken überwunden hatte. »Wieso steht mein Onkel unter dem Verdacht, ein Hehler zu sein?«

O'Callaghan warf Justus einen abschätzigen Blick zu. »Was hast du Bengel denn hier zu sagen?«

»Beantworten Sie meinem Neffen bitte seine Frage!«, forderte Onkel Titus laut. Die Spitzen seines Schnurbarts zitterten vor Erregung.

»Wie Sie meinen«, entgegnete O'Callaghan. Er blickte weder Onkel Titus noch Justus an. Sein Blick schweifte über den Schrottplatz, als wäre hinter jeder Ecke und in jedem Pappkarton millionenschweres Diebesgut versteckt. »Es gab einen Hinweis.«

»Hinweis?«, wiederholte Tante Mathilda aufgebracht. »Was denn für einen Hinweis? Wann? Warum? Von wem?«

»Ich bin nicht befugt, darüber Auskunft zu geben«, gab O'Callaghan kalt zurück.

»Was soll das heißen, nicht befugt? Sie können doch nicht einfach hier eindringen und …« Sie blickte dem

Mann und der Frau hinterher, die schon angefangen hatten, Kartons zu öffnen und Regale zu durchstöbern. »Und alles auf den Kopf stellen!«

»Doch, das können wir.«

»Aber –«

»Lass nur, Tante Mathilda«, raunte Justus und legte ihr beruhigend eine Hand auf den Arm. Dann sagte er zu O'Callaghan: »Ich nehme an, Sie unterstehen Inspektor Cotta?«

»Das ist richtig.«

»Weiß der Inspektor von dieser Durchsuchung?«

»Nein. Er hat an diesem Wochenende frei und befindet sich meines Wissens nicht in der Stadt. Aber ich brauche den Inspektor nicht, um einen Hehler zu verhaften.«

Justus biss die Zähne zusammen. Cotta hätte die Sache bestimmt in Windeseile aufklären können. Aber vermutlich hatte er sich wieder einmal zum Angeln in irgendeine abgelegene Gegend zurückgezogen, wo ihn niemand erreichen konnte. »Sie haben also einen Hinweis darauf erhalten, dass hier mit Hehlerware gehandelt wird«, versuchte Justus erneut, dem Sergeant ein paar Informationen zu entlocken.

»Ganz recht.«

»Einen anonymen Hinweis?«

»Nein.«

»Von wem stammt er?«

O'Callaghan wandte sich ihm zu und lächelte überheblich. »Wie ich schon sagte: Darüber werde ich keine

Auskunft geben. Und wenn du mich weiter mit Fragen löcherst, riskierst du eine Anzeige wegen Behinderung der Polizeiarbeit. Ein paar Sozialstunden würden dir bestimmt guttun, du Schlaumeier.« In seinen Hosentaschen ballte Justus die Fäuste. Doch er schwieg.

»Sir!«, rief die Polizistin quer über den Platz. Sie stand vor Onkel Titus' Schuppen. »Dieses Häuschen ist verschlossen!«

»Sehr interessant. Mr Jonas, wären Sie so freundlich, die Tür zu öffnen?«

Onkel Titus kam der Aufforderung sofort nach, und die Polizistin begann, den Schuppen zu durchsuchen.

»Was genau suchen Sie eigentlich?«, fragte Justus so beiläufig wie möglich.

»Hehlerware.«

»Etwas Bestimmtes?«

»Nein«, behauptete O'Callaghan. »Und wenn du glaubst, ich hätte gescherzt, als ich von einer Anzeige sprach, dann lass es ruhig darauf ankommen!«

In diesem Moment rollten Bob und Peter mit den Fahrrädern auf den Schrottplatz und hielten neben Justus. »Was ist denn hier los?«, fragte Bob verwundert.

Justus erzählte es ihnen.

»Was? Onkel Titus ein Hehler?«, rief Bob. »Das ist doch ein Witz!«

»Nicht für den Sergeant. Die durchwühlen wirklich alles! Einer ist schon in unserem Haus. Und es dürfte nur noch eine Frage der Zeit sein, bis –«

»Aaaahhh!« Der Schrei der Polizistin unterbrach Justus. Kurz darauf rannte sie aufgescheucht über den Platz und umklammerte dabei die Finger ihrer rechten Hand.

»Bis jemand in eine übrig gebliebene Mausfalle fasst?«, riet Bob und kicherte.

»Ich wollte eigentlich sagen: Bis –«

»Mr Jonas!«, rief O'Callaghan. »Könnten Sie mir bitte erklären, was das hier ist?« Er wies auf den Kühlschrank, der wie zufällig inmitten des Schrottbergs stand und den O'Callaghan geöffnet hatte.

»Bis genau das passiert«, beendete Justus seinen Satz.

»O nein«, stöhnte Peter, und sofort waren die drei Detektive im Laufschritt auf dem Weg zu O'Callaghan.

»Das ist eine Tür«, sagte Justus, bevor Onkel Titus zu einem Erklärungsversuch ansetzen konnte. »Eine Geheimtür, um genau zu sein.«

»Das sehe ich«, antwortete der Sergeant, und ein siegessicheres Lächeln schlich sich auf sein Gesicht. »Und wohin führt die?«

»In ein Geheimversteck«, antwortete Justus unbeirrt.

»Ein Geheimversteck auf dem Gelände des Gebrauchtwarencenters Jonas, soso«, murmelte O'Callaghan, und sein Lächeln wurde zu einem selbstgefälligen Grinsen. »Dann wollen wir doch mal sehen, was in diesem Geheimversteck Geheimes versteckt ist.« Er lachte, als habe er einen Witz gemacht, und schob die Rückwand des Kalten Tores beiseite. Schon bald stand er in der Zentrale und fand nach einigem Tasten den Lichtschalter. Die drei ??? folgten ihm. »Oho«, staunte er. Sie ließen ihn staunen und sagten kein Wort.

Schweigend sah Sergeant O'Callaghan sich um, öffnete den Aktenschrank, durchstöberte das Regal und machte dann in ihrem Kriminallabor weiter. Als er ihre Ausrüstung in Augenschein nahm, vom Fingerabdruckpulver bis zum Peilsender, staunte er noch mehr, und sein überhebliches Grinsen verschwand langsam. Schließlich stöberte er noch in der Freiluftwerkstatt herum, jedoch nur noch mit halb so viel Elan.

»Nun«, sagte er nach fünf Minuten, ohne die drei ??? dabei anzusehen. »Da war ich wohl etwas voreilig.«

»Nicht nur das, Sergeant«, antwortete Justus grimmig. »Sie waren auch nicht besonders gründlich. Sonst hätten Sie nämlich das hier entdeckt!« Er hielt ihm ein Kärtchen unter die Nase, das auf dem Schreibtisch gelegen hatte. Darauf stand:

Der Inhaber dieses Ausweises ist
ehrenamtlicher Junior Assistent und
Mitarbeiter der Polizeidirektion
von Rocky Beach.
Die Behörde befürwortet jegliche
Unterstützung von dritter Seite.

gez. Samuel Reynolds
Polizeihauptkommissar

O'Callaghan keuchte hörbar. »Aber ... aber Reynolds ist schon seit einiger Zeit pensioniert ...«

»Das ist wohl wahr, aber er ist erstens nach wie vor ein Freund von uns und hat zweitens immer noch einen gewissen Einfluss auf den hiesigen Polizeiapparat«, behauptete Justus. »Ich denke, er wird sich für diese Geschichte sehr interessieren. Und ein von meinem Onkel verfasstes Beschwerdeschreiben an die oberste Polizeidirektion, das Samuel Reynolds mit unterzeichnet hat, wird vermutlich einiges Gewicht haben. Und nun ist es, denke ich, an der Zeit für Sie, sich zu verabschieden, Sergeant.«

Fünf Minuten später, nachdem auch O'Callaghans Kollegen nichts Verdächtiges gefunden hatten, traten die Polizisten den Rückzug an. O'Callaghan wirkte wie ein geprügelter Hund und entschuldigte sich für die Unannehmlichkeiten. Beim Verlassen des Schrottplatzes trat er in eine Mausfalle. Dann hüpfte er fluchend auf die Straße.

Bob blickte dem Polizeiwagen grinsend hinterher. »Der arme Mann. Dabei hatte er sich so gefreut, den sonntäglichen Dienst mit einer schönen Verhaftung zu beginnen. Jetzt haben wir ihm die letzte Freude genommen, die er im Leben noch hatte.«

Peter lachte. »Aber sag mal, Just, willst du deinen Onkel wirklich dazu überreden, sich schriftlich zu beschweren? Irgendwie tut O'Callaghan mir ja ein bisschen leid.«

»Ich glaube, die Angst vor einer Abmahnung dürfte als Denkzettel für seine Überheblichkeit genügen«, meinte Justus. »So ein Blödmann! Der hat doch wirklich geglaubt, auf dem Schrottplatz verstecktes Diebesgut zu finden!«

»Warum eigentlich?«, wollte Peter wissen.

»Die Polizei hat einen Hinweis erhalten. O'Callaghan wollte mir nicht sagen, von wem. Aber allzu viele Möglichkeiten gibt es da meiner Meinung nach nicht. Oder was denkt ihr?«

Noch einmal Mr Grogan

»Also, für mich ist die Sache klar«, meinte Peter, nachdem sie sich von Tante Mathilda und Onkel Titus loseisen und in die Zentrale zurückziehen konnten. Der Ort, der jahrelang ihr mal mehr, mal weniger geheimer Stützpunkt gewesen war, fühlte sich seltsam entweiht an, nachdem O'Callaghan hier herumgeschnüffelt hatte. Sie hofften, dass sich die Aura der Verachtung, die der Eindringling hinterlassen hatte, nach ein paar Stunden eifriger Detektivarbeit wieder verflüchtigt haben würde.

»Dann lass uns mal an deinen Erkenntnissen teilhaben, Zweiter!«, ermunterte Justus ihn.

»Ist doch ganz logisch: Es war Skinny! Der hat den Angriff der Killer-Mausefallen gestern Nacht nicht verkraftet und Onkel Titus aus Rache bei der Polizei angeschwärzt.«

»Zuzutrauen wäre es ihm«, stimmte Bob zu. »Allerdings weiß Skinny, dass wir in Inspektor Cotta einen Vertrauten bei der Polizei haben. Konnte er ahnen, dass Cotta ein dienstfreies Wochenende hat? Ich glaube nicht. Er hätte also damit rechnen müssen, dass Cotta die Sache in die Hand nimmt. Und damit wäre sein Racheplan hinüber gewesen.«

»Schon, aber selbst Cotta wäre der Sache nachgegangen, oder? Er hätte es wahrscheinlich ein wenig freundlicher getan als O'Callaghan, aber trotzdem. Und darauf hat Skinny es doch angelegt!«

»Worauf?«, fragte Bob.

»Na, dass die Polizei den ›weißen Drachen‹ findet!«, war Peter überzeugt. »Skinny hatte letzte Nacht natürlich keinen Erfolg, aber er glaubte, das hätte an der Dunkelheit und den Mausefallen gelegen. Deshalb wollte er heute die Polizei die schmutzige Arbeit machen lassen.«

»Aber was hätte ihm das denn gebracht?«, fragte Bob. »Selbst wenn O'Callaghan die Vase gefunden hätte, dann hätte die Polizei sie doch mitgenommen, nicht Skinny.«

»Hm, da hast du allerdings recht.«

»Und warum telefoniert Skinny mit Beverly Leung, wenn sie doch die Geschädigte ist?«, warf Justus ein. »Sucht Skinny die Vase etwa in ihrem Auftrag? Dann müsste sie uns ja für die Diebe halten.«

»Vielleicht hat sie der Polizei einen Hinweis gegeben«, mutmaßte Peter.

»Hm.« Justus begann, an seiner Unterlippe zu zupfen. »Das passt alles vorne und hinten nicht zusammen, Kollegen. Ich habe das dumme Gefühl, dass wir auf der falschen Spur sind. Wir müssen den Fall noch einmal von vorne aufrollen.«

In diesem Augenblick klingelte das Telefon. Justus fuhr aus seinen Überlegungen hoch und schaltete den Verstärker ein, damit seine Freunde das Gespräch mithören konnten. Dann nahm er ab. »Justus Jonas von den drei Detektiven?«

»Ja«, sagte eine knarzige Stimme am anderen Ende. »Justus wie?«

»Jonas«, wiederholte der Erste Detektiv irritiert. »Und Sie sind …?«

»Mr Grogan. Warst du gestern bei mir wegen der chinesischen Vase?«

»Äh, nein, das waren meine Freunde Bob und Peter.«

»Dann will ich die sprechen!«, bellte Grogan.

Justus zögerte eine Sekunde, dann reichte er dem überraschten Bob den Hörer.

»Bob Andrews«, meldete sich Bob artig.

»Grogan«, wiederholte Grogan. »Warst du gestern bei mir wegen der chinesischen Vase?«

»Äh, ja.«

»Gut. Also. Es ist so. Ihr Burschen kamt mir nicht ganz geheuer vor, weißt du, deswegen habe ich erst mal nicht alles gesagt, was ich wusste. Aber als ihr weg wart, habe ich mit dem Potter gesprochen, dem alten Stümper. Musste natürlich erst nach Rocky Beach fahren, weil dieser Hinterwäldler ja kein Telefon hat. Aber der Potter meinte, ihr wärt in Ordnung. Schwer zu glauben, aber so ist es nun mal.«

»Ähm, wie schön«, antwortete Bob zögernd und fragte sich, ob da jetzt noch was kam.

»Ja. Deshalb rufe ich an.«

»Nett von Ihnen. Und … haben Sie schon was herausgefunden?«

»Herausgefunden? Pah! Ich wusste es doch gestern schon! Als ich diesen Scherbenhaufen in den Händen hielt, war mir alles klar!«

»Was denn genau?«

»Na, dass das natürlich keine echte Ming-Vase gewesen ist! Das sieht ja wohl ein Blinder mit 'nem Krückstock.«

»Wirklich?«, rief Bob und hörte Justus hinter sich vor Erleichterung laut seufzen.

»Hörst du schwer? Das liegt an diesen verdammten Walkmännern oder wie die Dinger heißen, die ihr Burschen euch bei jeder Gelegenheit in die Ohren stopft! *Ich* höre noch sehr gut, jawohl!«

»Das glaube ich Ihnen, Sir«, fuhr Bob aufgeregt, aber in normaler Lautstärke fort. »Die Vase war also nicht echt?«

»Sagte ich gerade, ja. Und weißt du auch, woran ich das sofort erkannt habe? Na, woran wohl? Hm?«

»Keine Ahnung, Sir.«

»Na, weil ich sie selbst gemacht habe, Junge!«

»Äh, was jetzt?«

»Die Vase, du Dummkopf. Diesen Scherbenhaufen! Der war von mir! Natürlich war das Ding noch ganz, als der Kunde es abholen kam. Und das ist gerade mal drei Tage her!«

»Sie meinen, *Sie* haben eine Nachbildung der Ming-Vase angefertigt, und das war genau die, die wir Ihnen gebracht haben?«

»Sag mal, bist du immer so schwer von Begriff? Das

kommt bestimmt auch von den Walkmännern. Oder von diesen Handys! Die Strahlung verbrutzelt euch jungen Leuten die Gehirne! Da wundert man sich ja über nichts mehr!«

»Frag ihn, wer sein Auftraggeber war!«, raunte Justus Bob zu.

»Ähm, wer hat Ihnen denn den Auftrag gegeben, Mr Grogan?«

»Na, mein Kunde natürlich!«

»Und wie hieß der?«

»Woher soll ich denn das wissen? Ich weiß ja auch nicht, wie du heißt! Schreib mir so was schließlich nicht auf. Er hat ordentlich angezahlt und mir den Rest gegeben, als ich mit der Arbeit fertig war. Da muss ich mir ja wohl nicht auch noch den Namen merken, oder?«

»Nein, vermutlich nicht, Sir. Wissen Sie denn noch, wie der Mann aussah?«

»Wie soll er schon ausgesehen haben!«, bellte Grogan zurück. Bob wartete noch einen Moment, aber Mr Grogan schien nichts weiter zu dem Thema einzufallen.

»Frag ihn nach dem Original!«, wisperte Justus.

»Und die Originalvase?«, fragte Bob. »Hatte er die dabei?«

»Das Original! Pah, nein! Das hätte mich auch sehr gewundert, das dürfte nämlich ein paar Tausend Steinchen, ach, was sag ich, ein paar Zehntausend Steinchen wert sein! Wenn es wirklich eine echte Ming-Vase ist, jedenfalls. Und der Kerl sah nicht gerade aus, als würde er im Geld schwimmen! Fotos hatte er dabei! Und nach denen habe ich gearbeitet. Dann habe ich ihn angerufen und er hat das Replikat abgeholt.«

»Moment mal, Sie haben ihn angerufen? Heißt das, Sie haben seine Telefonnummer?«

»'türlich habe ich seine Telefonnummer, wie hätte ich ihn sonst anrufen sollen, kannst du mir das mal verraten, hä?«

»Mr Grogan«, sagte Bob aufgeregt, »Sie würden uns einen großen Gefallen tun, wenn Sie uns die Telefonnummer Ihres Auftraggebers geben könnten!«

»Von mir aus. Hab sie hier irgendwo auf 'nem Zettel, Moment!« Es dauerte geschlagene fünf Minuten, bis Mr Grogan den Zettel gefunden hatte. Während dieser Zeit schimpfte er unentwegt vor sich hin, und Bob befürchtete mehr als einmal, dass er einfach auflegen würde. Doch schließlich hatte Grogan die Nummer gefunden und gab sie durch. Bob schrieb eifrig mit.

»Haben Sie vielen Dank für Ihren Anruf, Mr Grogan! Sie haben uns wirklich sehr geholfen!«

»Ja, hm, keine Ursache«, brummte Grogan. Mit so viel Freundlichkeit war er wohl nur selten konfrontiert. »Und was ist jetzt mit der Vase? Wann holst du sie ab? Nimmt hier nur Platz weg.«

»Die Vase? So schnell? Aber Sie sagten doch, es würde mindestens eine Woche dauern!«

»Tut's ja auch! Aber ich habe ja nicht bloß ein Replikat angefertigt, sondern gleich ein paar! Ist schließlich ein schönes Stück, lässt sich gut verkaufen! Und glaubst du etwa, ich werfe den Brennofen für eine einzige Vase an? Das ist mal wieder typisch! Euch jungen Leuten ist es völlig egal, wie viel Energie ihr verschwendet, was? Aber das ist es nicht, Junge, das ist überhaupt nicht egal! Früher oder später wirst du das noch am eigenen Leib erfahren, aber dann wird es zu spät sein! Aber ich bin ja bloß ein alter Mann, warum sollte man mir schon zuhören!« Grogan räusperte sich und fuhr etwas ruhiger fort: »Also, wann holt ihr das Ding ab?«

Selbstverständlich machten sich die drei ??? umgehend auf den Weg nach Fernwood. Sie hatten ihre letzten Ersparnisse zusammengekratzt und sich sogar noch etwas Geld bei Onkel Titus geliehen, um Mr Grogan bezahlen zu können. Doch als sie eine Stunde später mit einer großen Holzkiste im Gepäck nach Rocky Beach zurückkehrten, wussten sie, dass der Inhalt sein Geld wert war.

Erst in der vor neugierigen Blicken geschützten Freiluftwerkstatt öffneten sie die Kiste und nahmen den ›weißen Drachen‹ heraus.

»Hübsch«, meinte Bob, der sie genau wie Peter zum ersten Mal genauer in Augenschein nehmen konnte. Vorsichtig fuhr er mit dem Finger die Konturen des Drachen auf der tiefblauen Lasur nach. »Wenn ich es nicht besser wüsste, würde ich jedem sofort glauben, dass die Vase sechshundert Jahre alt ist.«

»Womit bewiesen wäre, dass Mr Grogan gute Arbeit geleistet hat«, meinte Justus. »Und darauf kam es demjenigen, der das Replikat in Auftrag gegeben hat, schließlich an: eine Vase zu bekommen, die man auf den ersten Blick nicht von der echten unterscheiden kann.«

»Schön und gut«, meinte Peter. »Und was machen wir jetzt?«

»Wir werden den Fall noch einmal genau nachspielen«, sagte Justus, stellte die Vase zurück in die Kiste und klemmte sie sich unter den Arm. »Ich habe einen Verdacht und möchte sehen, ob ich richtig liege. Kommt mit!« Sie nahmen den Weg durch die Zentrale und traten hinaus in die Mittagssonne und die Stille des leeren Schrottplatzgeländes. »Die Fotos auf Skinnys Digitalkamera wurden von der Straße aus durch das Tor geschossen«, sagte Justus. »Ich denke, dass Skinny sich hinter den Ulmen auf der anderen Straßenseite versteckt hat. Ich werde nun so genau wie möglich das wiederholen, was Mr Johnson vor zwei Tagen getan hat. Peter, du übernimmst Skinnys Rolle und beobachtest mich dabei!«

Der Zweite Detektiv verließ den Schrottplatz und begab sich in Position, wie Justus es ihm gesagt hatte.

Justus stellte die Holzkiste auf den Boden und nahm die Vase heraus. »So hat Johnson es gemacht«, erklärte er Bob. »Genau an dieser Stelle. Und dann hat er die Vase vor sich hergetragen wie eine Krone bei einer Krönungszeremonie.« Justus stolzierte mit der Vase quer über den Schrottplatz hinüber zum alten Holzregal. »Und? Was denkst du?«

»Sieht schon ziemlich auffällig aus«, meinte Bob. »Bist du wirklich sicher, dass Johnson es genau so gemacht hat? Hat er auch so mit dem Hintern gewackelt wie du?«

»Ich würde mir ein bisschen mehr Begeisterungsfähigkeit für unsere Ermittlungsarbeit wünschen, Bob.«

»Verzeihung«, sagte Bob grinsend.

»Jedenfalls hat Tante Mathilda ihn zu diesem Regal gelotst. Und dann wollte Johnson den ›weißen Drachen‹ unbedingt ganz oben draufstellen.«

Peter kam zurück. »Also, das Regal kann man von der Straße aus nicht mehr sehen. Aber alles andere hatte ich perfekt im Blick. Es war beinahe so, als hättest du die Vase absichtlich so gehalten, dass ich sie gut sehen konnte, Justus.«

Der Erste Detektiv nickte langsam. »Das Gefühl hatte ich auch. Es ist also gut möglich, dass Mr Johnson wusste, dass er von Skinny beobachtet wurde. Und nicht nur das: Er *wollte* sogar beobachtet werden. Andernfalls hätte er sich nicht so verhalten.«

»Aber das verstehe ich nicht«, meinte Peter. »Warum wollte er beobachtet werden? Das ergibt doch keinen Sinn.«

»Das ergibt genauso viel Sinn, wie es Sinn ergibt, eine Vase auf das oberste, kaum erreichbare Brett eines wackligen Regals zu stellen«, antwortete Justus. »Was bringt jemanden dazu, eine Vase ausgerechnet dorthin stellen zu wollen, wenn sie ihm doch angeblich so wichtig war? Die Gefahr, dass sie herunterfällt, war groß.«

»Vielleicht *wollte* Johnson, dass sie runterfällt«, meinte Bob.

»Der Gedanke liegt nahe, ergibt aber leider keinen Sinn«, widersprach Justus. »Schließlich konnte Mr Johnson nicht wissen, dass mir ein Missgeschick passiert. Es wäre genauso wahrscheinlich gewesen, dass die Vase dort oben jahrelang unversehrt stehen bleibt und vor sich hin staubt.«

Stirnrunzelnd blickte Justus zum obersten Regalbrett. Dann hob er die Vase über seinen Kopf und versuchte, sie dorthin zu stellen, wo ihr Zwilling gestanden hatte. Es klappte nicht, Justus war zu klein.

»Lass mich mal!«, sagte Peter und nahm dem Ersten Detektiv die Vase ab. Selbst Peter musste sich auf Zehenspitzen stellen, dann gelang es ihm gerade so, die Vase auf das oberste Regalbrett zu schieben. Sie wackelte leicht, dann stand sie still. »So«, sagte Peter und gab dem Regal einen leichten Stoß. Das Porzellan klirrte. Justus und Bob breiteten ihre Arme aus, um den ›weißen Drachen‹ notfalls auffangen zu können. Doch nichts passierte.

Peter gab dem Regal einen stärkeren Stoß. Das Porzellan klirrte und wackelte, aber nicht so stark, dass etwas herunterzufallen drohte. Nun rüttelte Peter an dem Regal. Nichts fiel herunter. Die Vase, die allein aufgrund ihrer Größe ein gewisses Gewicht hatte, schaukelte nur ganz leicht.

»Merkwürdig«, murmelte Bob. »Ich hätte gewettet, es passiert noch einmal.«

»Das ist nicht nur merkwürdig, Bob, das ist sogar so merkwürdig, dass ich zu behaupten wage, es geht nicht mit rechten Dingen zu«, murmelte Justus und zupfte an seiner Unterlippe. Peter trat noch ein paarmal gegen das Regal, ohne Ergebnis.

»Sagt mal, seid ihr von allen guten Geistern verlassen?« Mathilda Jonas marschierte im Stechschritt auf die drei ??? zu. »Was macht ihr denn da? Wollt ihr das andere Porzellan etwa auch noch –« Tante Mathilda entdeckte die Vase und erstarrte. Dann verzog sich ihr Gesicht vor Entzückung. »Aber Justus! Das … das ist ja …«

»Die Vase, Tante Mathilda, in der Tat!«

»Aber ich dachte, du hättest sie –«

»Habe ich auch. Das hier ist ein Replikat.« Justus erzählte seiner Tante in groben Zügen von Mr Grogan und seiner Arbeit.

Tante Mathilda war entzückt und gerührt. »Das finde ich ganz wunderbar von euch! Wenn Mr Johnson noch auftaucht, wird er den Unterschied gar nicht merken! Ich wusste, dass man sich auf euch verlassen kann! Aber trotzdem wäre ich euch sehr verbunden, wenn ihr das Regal jetzt in Ruhe lassen könntet, ja? Bevor noch ein weiteres Unglück geschieht. Ach, da ich gerade das Regal sehe …« Tante Mathilda brach ab und kramte in der Tasche ihrer Kittelschürze. »Das schleppe ich schon seit vorgestern mit mir herum und vergesse ständig, dich danach zu fragen. Gehört das dir?« Sie reichte ihm einen kleinen Gegenstand. »Ich hab's beim Staubwischen auf dem Regal gefunden. Es sah aus wie eine von deinen Basteleien, deshalb dachte ich, ich frage dich lieber, bevor ich es wegschmeiße.«

Justus nahm das Objekt zur Hand und betrachtete es neugierig. Es war ein kleines Holzplättchen, nicht größer als eine Streichholzschachtel, auf das eine dicke Feder montiert war, die sich unter einem nicht unerheblichen Kraftaufwand zurückbiegen und mit einem winzigen Häkchen am Rand des Plättchens befestigen ließ. Als Justus das jedoch versuchte, blieb die Feder nur ein paar Sekunden lang gespannt. Eine unbedachte Bewegung von Justus ließ sie aus ihrer Befestigung rutschen und mit Schwung zurückschnellen.

»Das ist Müll, oder?«, fragte Tante Mathilda.

»Was? Äh, nein! Nein, das gehört mir. Ich … hatte es schon vermisst. Danke, dass du gefragt hast, Tante Mathilda. Sag mal, *wo* genau lag es?«

»Na, da oben.« Sie wies dorthin, wo die falsche Ming-Vase stand. »Also, dann war es doch gut, dass ich es nicht weggeschmissen habe, ja? Bei dir weiß man ja nie. Am Ende ist es noch irgendein Beweisstück oder so.« Tante Mathilda lachte.

»Was ist denn das?«, fragte Peter und nahm das Ding nun ebenfalls neugierig zur Hand. »Sieht ein bisschen so aus wie eine der Mausefallen, die wir aufgestellt haben, oder?« Er drehte es um. Auf der Rückseite war ein Rädchen mit eingravierten Zahlen zu sehen. Peter drehte probehalber ein bisschen daran und ein leises Ticken ertönte. »Und das ist wie bei einer Eieruhr.«

Plötzlich erschrak Tante Mathilda. »Gut, dass du's sagst! Ich habe was im Ofen!« Und schon eilte sie zurück ins Haus.

»Sieht auf jeden Fall sehr selbst gebastelt aus«, fuhr Bob fort. »Ist das wirklich von dir, Just?«

»Nein, ganz sicher nicht«, antwortete Justus und nahm Peter das Gerät wieder weg. Schnell hatte er erkannt, wie es funktionierte. »Seht mal her!«, meinte er, spannte die Feder, drehte an der Eieruhr und stellte das Gerät vorsichtig auf den Boden. Eine Weile passierte nichts, außer dass die Eieruhr fast unhörbar tickte. Dann, statt eines Klingelns, löste sich plötzlich das Häkchen und die Feder schnappte zurück in ihre Ausgangsposition.

Eine Weile starrten die drei ??? ausdruckslos auf das winzige Stück Mechanik zu ihren Füßen. Bob brach das Schweigen als Erster: »Aber das ist ja –«

»Genau das, Bob!«

»Was?«, fragte Peter verständnislos. »Nun sagt schon, was habt ihr herausgefunden?«

»Das hier, Peter«, antwortete Justus grimmig, »ist eine MVUM.«

Die MVUM

»Eine was?«

»Eine MVUM«, wiederholte Justus.

Peter runzelte die Stirn. »Eine Miese, Verdammte, Unglaubliche Mausefalle?«

»Nein.«

»Eine Mausfalle Von Unschätzbarem … äh … Mert? Eine Mausefalle Vür Ungezogene Mäuse?«

»Für wird mit F geschrieben, Peter«, sagte Bob.

»Ist doch egal. Nun sagt schon!«

»Eine MVUM ist eine Ming-Vasen-Umschmeiß-Maschine. Kapierst du denn nicht, Peter? Wenn man dieses Ding unter die Vase stellt, dann …«

Justus schob ein paar Teller und Tassen aus einem Regal in Augenhöhe beiseite, stellte die Eieruhr erneut und legte die MVUN auf die freigeräumte Stelle. Auf einen Wink nahm Peter die Vase herunter und reichte sie Justus. Der stellte sie vorsichtig auf die MVUM. Die Vase hatte unten eine Höhlung, die groß genug war, um die Maschine gänzlich darunter verschwinden zu lassen. Das Ticken war nun nicht mehr zu hören. Gespannt warteten die drei ???. Eine Minute lang passierte gar nichts, doch dann kippte die Vase urplötzlich um, als wäre jemand dagegengestoßen. Diesmal war Justus darauf vorbereitet und fing sie geschickt auf.

»Das gibt's ja nicht!«, keuchte Peter. »Das funktioniert tatsächlich! Ist ja 'n Ding!«

»Ja, nicht wahr?«, brummte Justus wütend. »Und ich habe zwei Tage lang an mir gezweifelt, weil ich mir absolut sicher war, diese verdammte Vase überhaupt nicht berührt zu haben!«

»Aber Just«, warf Bob ein, »es muss ja ein ungeheurer Zufall gewesen sein, dass du ausgerechnet in der Sekunde an das Regal gestoßen bist, als die Eieruhr ablief!«

»Nein, nicht unbedingt«, meinte Justus und wiederholte sein Experiment. Diesmal stellte er die Eieruhr auf fünf Minuten, deponierte die Vase an der richtigen Stelle und wackelte einmal kurz an dem Regal. Wieder kippte die Vase zur Seite »Seht ihr, der Mechanismus ist so empfindlich, dass nicht nur die ablaufende Eieruhr ihn auslöst, sondern bereits eine kleine Erschütterung. Du hattest recht, Bob: Die Vase *sollte* herunterfallen, allerdings erst ein paar Minuten später. Ich habe das Unvermeidliche durch meinen Stoß gegen das Regal lediglich beschleunigt.«

»Aber wer hat die MVUM dort hingestellt?«, fragte Peter.

»Das ist doch vollkommen klar«, meinte Justus. »Der Einzige, der die Möglichkeit dazu hatte, nämlich in genau dem Moment, als er die Vase dort hinstellte: Mr Johnson selbst!«

»Und das Ganze hat er gemacht, *weil* …?«, stellte Peter zaghaft seine nächste Frage.

»Na, denk doch mal nach, Zweiter!«

»Damit die Vase kaputtgeht?«

»Richtig, aber so weit waren wir ja schon.«

»Und damit es aussieht, als wäre er nicht schuld daran?«

»Auch richtig.«

»Aber was hatte er davon?«

»Er wurde beobachtet!«, erklärte Justus. »Und zwar von Skinny Norris. Und für Skinny sollte es so aussehen, als würde die Vase vom Regal fallen und kaputtgehen. Und zwar nicht irgendeine Vase, sondern eine echte Ming-Vase im Wert von dreißigtausend Dollar.«

Der Zweite Detektiv schüttelte den Kopf. »Aber es war doch gar keine echte Ming-Vase im Wert von dreißigtausend Dollar! Es war doch nur eine Kopie!«

Justus lächelte zufrieden. »Eben.« Er hielt den zweiten ›weißen Drachen‹ empor und betrachtete ihn im Sonnenlicht. »Genauso wie diese hier.« Sein Lächeln wurde zu einem Grinsen. »Aber was für ein Glück: Außer uns weiß das niemand!«

Bob runzelte die Stirn. »Dein Tonfall gefällt mir gar nicht. Du hast doch etwas vor, Justus! Was ist es? Raus mit der Sprache!«

»Wir haben einen großen Teil des Rätsels gelöst. Aber noch längst nicht alles. Wir wissen nicht, für wen Skinny arbeitet. Wir wissen nicht, wer Prinz Eisenherz ist. Wir haben keine Ahnung, wie Beverly Leung in der ganzen Sache mit drinhängt. Und wo die echte Ming-Vase versteckt ist, entzieht sich bedauerlicherweise ebenfalls unserer Kenntnis. Aber ich habe eine Idee, wie wir all diese Rätsel auf einen Schlag lösen können.«

»Da bin ich aber gespannt«, sagte Bob.

»Wir laden einfach alle verdächtigen Individuen hierher ein. Und zwar noch heute.«

Bob und Peter sahen einander verdutzt an, dann lachten sie auf. »Ach, so einfach ist das? Und warum sollten die kommen?«

»Weil wir das haben, wonach sie alle suchen. Davon müssen wir sie nur unterrichten. An die Arbeit, Kollegen!«

Es war nicht einfach, die Telefonnummer von Beverly Leung herauszufinden. Doch über ein paar Kontakte, die die drei Detektive über Peters Vater zu den Filmstudios von Hollywood hatten, gelang es ihnen schließlich.

Doch nachdem Justus die Nummer gewählt hatte, war es nicht Beverly Leung, die abnahm, sondern James, ihr Fitnesstrainer, wie Justus sofort an der merkwürdig hohen Stimme erkannte. »Guten Tag, hier ist Justus Jonas. Ich würde gern Miss Leung sprechen.«

»Die ist leider beschäftigt«, gab James nicht unfreundlich zurück. »Worum geht es denn?«

»Das würde ich Ihr lieber selbst sagen.«

»Sie ist so beschäftigt, dass sie nicht ans Telefon gehen wird.«

»Tatsächlich? Nun …«

»Vielleicht kann ich ihr etwas ausrichten?«

Justus zögerte kurz. Doch dann sagte er: »Ja, das wäre

nett. Sagen Sie ihr, dass es Neuigkeiten in Bezug auf ihre gestohlene Vasensammlung gibt. Speziell auf die Ming-Vase.«

»Tatsächlich? Das wird sie sicherlich interessieren. Was sind denn das für Neuigkeiten?«

»Wir haben die Ming-Vase gefunden. Aber am besten kommt sie morgen bei uns vorbei, die Adresse steht auf der Visitenkarte.«

Nachdem Justus aufgelegt hatte, wandte er sich an Bob und Peter, die neben ihm saßen. »Das lief nicht gerade perfekt«, gestand er. »Aber wenn Miss Leung die Nachricht erhält, wird sie sich bestimmt genau so verhalten, wie ich es erwarte.«

»Und jetzt?«, fragte Peter.

»Jetzt kommt der nächste Anruf. Der wird spannender.«

Justus wählte die Nummer, die Mr Grogan Bob gegeben hatte: die von Grogans Auftraggeber. Mit klopfendem Herzen wartete er.

»Ja?«, meldete sich eine männliche Stimme am anderen Ende. Justus erkannte sie sofort wieder.

»Guten Tag, hier ist Paul Nelson von der Telefongesellschaft«, sagte Justus mit verstellter Stimme. »Spreche ich mit Mr Johnson?«

»Ja, das tun Sie.«

»Ich möchte Sie nicht lange stören, Mr Johnson, aber wir prüfen gerade unser Telefonnetz. Mit einigen Anschlüssen gab es in letzter Zeit Probleme, vor allem mit denen in Ihrer Nähe.«

»Bei mir war alles in Ordnung«, gab Johnson leicht irritiert zurück.

»Das freut mich, Mr Johnson, doch Sie könnten mir einen Gefallen tun und mir sagen, wo Sie wohnen. So können wir die Problemquelle schneller lokalisieren.«

»Wo ich wohne? Aber das müssen Sie doch wissen, schließlich schicken Sie mir jeden Monat eine Rechnung.«

Justus versuchte, mit der verstellten Stimme zu lachen. »Sie sagen es, Mr Johnson. Das bedeutet jedoch lediglich, dass die Rechnungsstelle Ihre Adresse hat. Wir hier aus der technischen Abteilung haben aber keinen Zugriff auf diese Daten. Und es mag verrückt klingen, aber es wäre sehr viel umständlicher, in der Rechnungsstelle nachzufragen. Da müssen dann erst ein Haufen Formulare ausgefüllt werden. Datenschutz und so. Sie wissen ja, wie das ist.«

»Ah, ja«, antwortete Mr Johnson irritiert. »Also, wie Sie meinen. Ich wohne in der Main Street 128 in Pacific Palisades.«

»Vielen Dank, Mr Johnson, Sie waren mir eine große Hilfe. Und verzeihen Sie bitte die Störung!«

»Keine Ursache.«

Justus legte auf und blickte seine Freunde triumphierend an. »Wie habe ich das gemacht?«

»Super, Just!«, sagte Peter ehrlich beeindruckt. »Ich wusste gar nicht, dass du so viel Ahnung von Telefongesellschaften hast.«

»Habe ich auch nicht.«

Der Zweite Detektiv stutzte. »Soll das heißen, du hast dir diese ganzen Sachen …«

»Komplett ausgedacht, ja. Aber warum hätte Mr Johnson das merken sollen? Er hat ja selbst keine Ahnung von Telefongesellschaften.«

»Jedenfalls wissen wir jetzt, dass es Mr Johnson war, der den ›weißen Drachen‹ bei Mr Grogan in Auftrag gegeben hat!«, sagte Bob. »Wobei ich das, ehrlich gesagt, schon vorher vermutet hatte.«

»Ich auch«, sagte Justus. »Die wichtigere Information, die wir soeben erhalten haben, ist seine Adresse.«

»Was hast du vor?«

»Ich will wissen, wo die echte Vase ist. Aber Johnson wird uns das nicht verraten. Und wir können auch nicht davon ausgehen, dass sie bei ihm zu Hause auf dem Küchentisch steht. Also müssen wir ihn dazu bringen, dass er uns zu ihr führt.«

Eine Stunde später war Justus allein in der Zentrale. Draußen neigte sich der träge Sonntag seinem Ende entgegen. Die Sonne warf lange Schatten und tauchte den Schrottplatz in rotgoldenes Licht. Justus sah auf die Uhr. Es war Punkt sechs. Er griff zum Telefonhörer und drückte auf die Wahlwiederholung. »Ja?«

Diesmal benutzte Justus seine normale Stimme: »Mr Johnson, hier spricht Justus Jonas vom Gebrauchtwarencenter T. Jonas in Rocky Beach. Erinnern Sie sich an mich?«

Einige Sekunden lang herrschte Schweigen am anderen Ende. Dann antwortete Mr Johnson: »Ja, ich erinnere mich. Du bist der Neffe des Besitzers, nicht wahr? Oh, und du fragst dich bestimmt, was gestern los war. Wegen der Vase. Warum meine Freundin und ich nicht gekommen sind.«

»Ihre Verlobte.«

»Meine ich ja.«

»Hellen, nicht wahr?«

»Was? Ja. Hellen und ich.«

»Mr Johnson, Sie können sich Ihre Ausflüchte sparen. Meine Freunde und ich sind Ihnen auf die Schliche gekommen. Wir wissen von der Ming-Vase. Und von dem Replikat. Wir wissen auch, wo die echte Vase versteckt ist. Und wenn Sie nicht wollen, dass wir Sie auffliegen lassen, dann schlage ich vor, dass Sie heute um Mitternacht nach Rocky Beach kommen.«

Diesmal dauerte Mr Johnsons Schweigen erheblich länger. Als er seine Sprache wiederfand, klang seine Stimme seltsam fremd. »Woher … woher weißt du …«

»Wenn Sie Glück haben, verrate ich es Ihnen später. Wir sehen uns also in sechs Stunden. Auf Wiedersehen, Mr Johnson! Ach, und noch etwas: Ihre angebliche Verlobte heißt Heather, nicht Hellen. Das sollten Sie sich vielleicht aufschreiben, wenn Sie sie das nächste Mal erwähnen.« Justus legte auf und lächelte zufrieden.

Dann rieb er sich die Hände. Jetzt kam der letzte Anruf. Der, auf den er sich am meisten freute.

Breit grinsend wählte er die Nummer von Skinny Norris.

»Ja!«, meldete sich Skinny.

»Skinny!«, rief Justus gut gelaunt. »Na, wobei störe ich dich? Lauerst du alten Damen auf, um ihnen die Handtasche zu klauen? Oder gibst du dich dem illegalen Glücksspiel hin, weil du meinst, du bist da erfolgreicher als in, sagen wir mal zum Beispiel, Las Vegas?«

»Jonas?«, fragte Skinny. »Sag mal, tickst du noch richtig? Woher hast du überhaupt meine Nummer?«

»Ach, Skinny, deine Telefonnummer ist nun wirklich kein Staatsgeheimnis, weißt du.«

»Ach ja, stimmt, du bist ja ein Meisterdetektiv, Jonas, das vergesse ich immer. Jedes Mal frage ich mich: Was war diese Amöbe vom Schrottplatz noch mal? Irgendwas mit Meister. Und dann komme ich bloß immer auf Meisterfettsack und Meister im Schwachsinnlabern.«

»Nachdem wir nun ausreichend Höflichkeiten ausgetauscht haben, schlage ich vor, wir belasten meine Telefonrechnung nicht länger als nötig und kommen zum Punkt: Du hast dir unbefugt Zutritt zu unserem Grundstück verschafft, Skinny. Ich könnte dich deswegen anzeigen.«

»Wie ich schon sagte«, erwiderte Skinny ungerührt. »Meister im Schwachsinnlabern!«

»Wir wissen beide, dass es so ist.«

»Wie dumm nur, dass du das nicht beweisen kannst.«

»Vielleicht hast du recht. Vielleicht aber auch nicht. Willst du es darauf ankommen lassen, Skinny?«

»Was willst du von mir, Jonas?«

»Mit dir reden.«

»Worüber?«

»Das weißt du ganz genau.«

»Ich weiß überhaupt nichts.«

»Über die Ming-Vase. Dass du zu dämlich bist, sie zu finden, heißt nämlich nicht, dass sie nicht hier ist. Du steckst in der Klemme, Skinny, aber das ist ja nichts Neues. Aber ich schlage dir ein Geschäft vor.«

»Warum sollte ich mit dir Geschäfte machen?«

»Weil du sonst gewaltigen Ärger bekommst: mit der Polizei, mit der Person, für die du arbeitest... das Übliche. Mein Vorschlag lautet: Du erzählst uns alles, was wir wissen wollen, und wir helfen dir dafür, deinen Kopf aus der Schlinge zu ziehen.«

Nach langem Zögern sagte Skinny schließlich: »In Ordnung. Ich komme morgen Nachmittag vorbei.«

»Gut«, sagte Justus.

Ohne ein weiteres Wort legte Skinny auf.

Die Nacht war hereingebrochen und hatte den Schrottplatz in tiefe Dunkelheit gehüllt. Justus, Peter und Bob hockten inmitten eines Lagers aus alten Möbeln und warteten fröstelnd.

»Und du meinst wirklich, dass Skinny es noch einmal versuchen wird?«, fragte Peter.

»Ganz sicher sogar«, war Justus überzeugt. »Ich habe ihm klar zu verstehen gegeben, dass wir die Ming-Vase haben. Und er ist ohne ein gehässiges Wort auf meinen Vorschlag eingegangen. Mit anderen Worten: Er glaubt, mich reingelegt zu haben, und hofft nun, den ›weißen Drachen‹ doch noch zu finden. Hier auf dem Schrottplatz. Heute Nacht.«

An der Straße fuhr langsam ein Wagen vorbei. Die drei ??? horchten auf. Doch das Geräusch entfernte sich wieder.

»Ob allerdings Beverly Leung kommt, steht in den Sternen«, sagte Bob. »Ich weiß nicht, Just. Vielleicht ist dein Plan doch nicht so gut. Womöglich kommt *niemand*.«

»Sie wollen alle die Vase, Bob, und zwar möglichst ohne vorher mit uns zu reden. Und deswegen werden sie auch alle heute Nacht hier auftauchen. Vertrau mir!«

Es war Punkt Mitternacht, als endlich etwas passierte: Ein Wagen hielt an der Straße. Eine quietschende Tür wurde geöffnet und wieder geschlossen.

»Klingt ganz nach Johnsons rostigem Mercedes«, raunte Justus. Und tatsächlich: Die schlanke Silhouette von Mr Johnson erschien im schwachen Schein einer Straßenlaterne vor dem Tor zum Schrottplatz. »Ihr bleibt hier und gebt mir Rückendeckung! Wir machen alles wie besprochen!«

Justus stand auf und ging über das Gelände zum Tor. Als Johnson ihn bemerkte, zuckte er zusammen. »Du bist es! Was willst du von mir?«, fragte Johnson sofort.

»Dass Sie zunächst einmal hereinkommen. Ich möchte Ihnen etwas zeigen.« Justus schloss das Tor zum Schrottplatz auf und öffnete es ein Stück weit. Johnson zögerte.

»Woher weiß ich, dass das keine Falle ist?«

»Sie wissen es nicht«, erwiderte Justus ruhig. »Aber ich denke, Sie wollen wissen, weshalb ich Sie herbestellt habe. Also, kommen Sie rein!«

Zögernd betrat Johnson den Schrottplatz und blickte sich nach allen Seiten um. Justus führte ihn zu dem Schuppen, in dem Onkel Titus seine wertvollsten Stücke aufbewahrte. Er nahm das Vorhängeschloss ab und öffnete die Tür. Im Innern des Schuppens herrschte tiefste Dunkelheit. Justus zog eine Taschenlampe aus seinem Hosenbund hervor und schaltete sie ein. »Das hier wollte ich Ihnen zeigen.« Er richtete den Strahl auf eine alte Vitrine. Hinter dem staubigen Glas stand der ›weiße Drache‹. Im Schein der Lampe leuchtete er auf wie ein Diamant im Schaufenster eines Juweliers.

»Aber … aber das ist unmöglich!«

»Weil sie eigentlich zerstört werden sollte? Das wurde sie auch, Mr Johnson. Und glauben Sie mir, ich hatte zwei wirklich unerfreuliche Tage deswegen. Aber was Sie hier sehen, ist nicht das Replikat, das Sie vorgestern zu uns brachten. Es ist die echte Ming-Vase.«

Mr Johnson starrte ihn entsetzt an. »Aber …«

»Wieder unmöglich, meinen Sie? Weil die Vase sicher in ihrem Versteck in einem alten Lagerhaus in Pacific Palisades steht? Falsch, Mr Johnson. Dort stand sie bis vor wenigen Stunden. Nachdem ich Sie angerufen und behauptet hatte, ich wüsste, wo die Ming-Vase sei, entschieden Sie sich dafür, sie in ein neues Versteck zu bringen. Dummerweise haben meine Freunde Sie dabei beobachtet. Sie folgten Ihnen von Ihrem Haus bis zu jener Lagerhalle. Als Sie verschwunden waren, sind sie dort eingestiegen, haben die Vase herausgeholt und hierhergebracht.«

Nun blickte Mr Johnson um sich wie ein gehetztes Tier. »Was willst du von mir?«

»Nur ein paar Antworten. Zum Beispiel wüsste ich gern, inwiefern Miss Leung in die Geschichte verwickelt ist. Das ist mir nämlich noch nicht ganz klar. Ich vermute –« Doch weiter kam Justus nicht, denn der Ruf eines seltenen Vogels, des Rotbauchfliegenschnäppers, hallte durch die Nacht. »Verzeihen Sie, Mr Johnson, ich fürchte, wir müssen unsere Unterredung kurz unterbrechen. Wir bekommen Besuch.«

Von draußen kamen gedämpfte Rufe. Etwas schepperte. Justus war beunruhigt. Das Rufen und Scheppern gehörte ganz und gar nicht zu seinem Plan. Er ging nach draußen.

Im blassen Mondlicht sah er, dass Peter, Bob und Skinny in ein Handgemenge verwickelt waren.

»Der Kerl will abhauen!«, ächzte Peter, hatte Skinny aber schon in einem festen Griff, aus dem er sich nicht mehr herauswinden konnte.

»Bring ihn her, Peter!«, raunte Justus.

Skinny wehrte sich nur noch kurz. Als er schließlich

vor Onkel Titus' Schuppen stand, erlahmte seine Gegenwehr, sodass Peter ihn losließ. »Sie!«, rief er überrascht und starrte Mr Johnson an.

»Du!«, rief Johnson beinahe gleichzeitig.

Dann fiel Skinnys Blick auf die Vase. »Was wird hier gespielt?«

»Das fragen wir uns alle. Deshalb bist du ja hier.«

Skinny funkelte den Ersten Detektiv wütend an. »Du wusstest, dass ich kommen würde!«

»Natürlich wusste ich das, Skinny. Niemand auf der Welt ist so leicht zu durchschauen wie du.«

Noch ehe jemand reagieren konnte, stürzte sich Skinny auf Justus. Der taumelte und prallte gegen die Vitrine. Im Innern wackelte die Vase bedenklich.

»Vorsicht!«, rief Mr Johnson und griff nach dem wankenden Möbelstück.

Sofort kümmerten sich Bob und Peter um Skinny und zerrten ihn zurück.

»Langsam, Skinny!«, knurrte Peter.

»Ich will wissen, was hier läuft!«

Justus wandte sich der Vitrine zu, öffnete sie und nahm die Vase sicherheitshalber heraus. »Das wirst du schon früh genug erfahren. Aber ich schlage vor, wir warten noch auf deine Komplizin, Miss Leung. Dann muss ich die ganze Geschichte nicht zweimal erzählen.«

»Meine Komplizin?« Skinny starrte ihn verwirrt an. Dann fing er plötzlich an zu lachen. »Oh Mann, Jonas, jetzt ist dir endgültig die Sicherung durchgebrannt! Komplizin! Was für ein Schwachsinn! Für einen kurzen

Moment dachte ich wirklich, du hättest irgendwas gegen mich in der Hand. Aber du bist ja so was von auf dem Holzweg, Mann!«

Justus war einen Moment lang zu verwirrt, um etwas zu erwidern.

Und plötzlich stand noch jemand in der Tür.

»Da hat er recht«, sagte dieser Jemand mit seiner irritierend hohen Stimme.

Alle drehten sich um.

»Der Fitnesstrainer!«, entfuhr es Peter.

»James«, sagte Skinny mit Grabesstimme.

»Sie stecken dahinter!«, sagte Justus, und plötzlich ging ihm eine ganze Lichterkette auf. »Darauf hätte ich auch eher kommen können! Verdammt! Ein einziges Wort von Skinny hat mich in die Irre geführt! Als er gestern mit Ihnen telefonierte, hat er Mam zu Ihnen gesagt. Damit spielte er auf Ihre eigentümliche Stimmlage an. Er wollte Sie nur ärgern und verletzen! Und ich habe wirklich geglaubt, er spräche mit Miss Leung.«

»Du hast mich belauscht?«, explodierte Skinny.

»Wir alle haben dich belauscht, Skinny«, konnte Bob sich nicht verkneifen.

»Ihr widerlichen kleinen Schnüffler!«

»Was für eine nette kleine Zusammenkunft«, sagte James und ließ seinen Blick von einem zum anderen wandern. Er wirkte belustigt. »Ich habe zwar keine Ahnung, warum ihr beide hier seid, Skinner und Thomas, und wer das alles eingefädelt hat, aber ehrlich gesagt interessiert mich das momentan auch nicht. Das könnt ihr gerne unter euch ausmachen, sobald ich weg bin. Ich bin nur wegen der Vase hier. Und die wirst du mir jetzt geben, Junge. Dann verschwinde ich auch gleich wieder.« Er trat fordernd auf Justus zu.

»Nein!«, sagte Justus, umklammerte den ›weißen Drachen‹ fester und trat zurück, bis er gegen einen Kleiderschrank prallte. Blitzschnell griff James an seinen Gürtel. Plötzlich hatte er eine Pistole in der Hand. Peter keuchte erschrocken.

»Doch«, sagte James. Die Mündung der Pistole zeigte auf Justus.

»Ich glaube nicht, dass Sie wirklich schießen wollen, James«, sagte Justus und bemühte sich, ruhig zu bleiben. »Denn entweder Sie treffen die Vase oder Sie treffen mich und ich lasse die Vase fallen. In beiden Fällen geht das Objekt Ihrer Begierde kaputt. Möchten Sie das riskieren?«

James, der nun einige Meter von Justus entfernt war, trat drohend vor, bis er in der Mitte des Raumes stand.

»Wenn Sie noch einen Schritt näher kommen, lasse ich die Vase fallen!«

»Das wagst du nicht!«, knurrte James.

»Doch. Mir ist sie nämlich egal. Es ist nur ein Stück Porzellan. Zwar sechshundert Jahre alt, aber das kümmert mich nicht. Sie schon.«

Einige Herzschläge lang sprach niemand ein Wort. Bob und Peter beobachteten ängstlich James, während sie gleichzeitig Mr Johnson und Skinny im Auge behielten. Der wiederum schien nach einem Ausweg zu suchen, doch Bob versperrte ihm rasch den Weg und erntete dafür hasserfüllte Blicke von Skinny. Mr Johnson wirkte noch immer wie ein Tier in der Falle und war ganz starr vor Schreck. Und James und Justus fixierten einander und schienen beide auf einen Fehler des anderen zu lauern.

Schließlich durchbrach James das Schweigen: »Was willst du?«

»Sie überführen«, antwortete Justus kühl. »Aber ich denke, das ist mir bereits gelungen. Mir war nicht klar, mit wem Skinny zusammenarbeitet, aber dieses Rätsel ist jetzt wohl gelöst.«

»Mit wem Skinny …«, wiederholte James ungläubig, dann lachte er auf. »Es sollte wohl eher heißen: Wen *ich* mir als Handlanger ausgesucht habe!«

»Wie auch immer: Sie haben Beverly Leung um ihre Sammlung chinesischer Vasen gebracht. In der Nacht des Einbruchs funktionierte die Alarmanlage nicht. Ich nehme an, dafür waren Sie verantwortlich, nicht wahr? Miss Leung glaubt, dass sie als Einzige den Zugangscode zur Alarmanlage kennt, aber da hat sie sich getäuscht: Sie kennen ihn auch, vermutlich haben sie ihn sich irgendwie während Ihrer Arbeit als Beverlys Fitnesstrainer erschlichen.«

James antwortete nicht, sondern starrte Justus nur finster an.

»Ich deute Ihr Schweigen als stille Zustimmung. An besagtem Abend vor zwei Wochen schalteten Sie also die Alarmanlage aus und gingen mit Beverly Leung auf eine Filmpremiere, während Ihr Komplize hier, der nette Mr Johnson, in aller Ruhe das Haus ausräumte und die Alarmanlage danach wieder aktivierte. Dummerweise begriffen Sie erst am nächsten Tag, dass nur eine der Vasen wirklich wertvoll war, nämlich als Beverly Leung die Polizei alarmierte und alles genau zu Protokoll gab. Dabei hatte Ihr Komplize Mr Johnson Ihnen doch etwas ganz anderes erzählt! Dem hatten Sie nämlich extra selbst geschossene Fotos gegeben, damit er sich bei einem Fachmann nach dem Wert der Vasen erkundigt. Und Johnson hatte behauptet, sie seien alle wertvoll. Aber das war eine Lüge. Mr Johnson war bei einem Händler in Santa Monica gewesen, Mr Burns, der ihm den Wert des ›weißen Drachen‹ bestätigte. Danach wusste Johnson, welchen Teil der Sammlung er Ihnen überlässt und welchen er selbst behält.

Sie ahnten, dass Johnson Sie reingelegt hatte, doch anstatt ihn zur Rede zu stellen, beschlossen Sie, ihn beobachten zu lassen und ihm den ›weißen Drachen‹ heimlich abzuluchsen – und zwar von unserem guten alten Freund Skinny Norris.«

»Und mehr habe ich mit der ganzen Geschichte auch nicht zu tun!«, sagte Skinny schnell und versuchte, sich an Bob vorbeizudrängeln, doch der ließ ihn nicht entkommen.

»Das heißt also, bis jetzt stimmt meine Theorie?«, fragte Justus lächelnd. »Danke, Skinny, das wollte ich wissen. Aber jetzt wird es erst richtig interessant.« Justus wandte sich an Mr Johnson. »Sie bemerkten, dass Sie von Skinny beobachtet wurden. Oder vielleicht ahnten Sie schon vorher, dass James jemanden auf Sie ansetzen würde, sobald er bemerkte, dass Sie ihn gelinkt hatten. Also beschlossen Sie, das einzig Mögliche zu tun: Die Vase musste zerstört werden, und zwar vor Zeugen. Und es musste wie ein Unfall aussehen. Nur wenn James glaubte, dass die Ming-Vase unwiederbringlich zerstört war, würde er Sie in Ruhe lassen, das war Ihnen klar. Also brachten Sie die Vase hierher zu uns auf den Schrottplatz und tischten uns das Märchen von Ihrer Verlobten Heather auf. Doch das war alles nur Täuschung. Sie wollten lediglich, dass die Vase zu Bruch geht. Und zwar vor Skinnys Augen, der das von seinem Versteck hinter den Bäumen aus genauestens verfolgte. Die Vase musste zu einem Zeitpunkt kaputtgehen, an dem Sie nicht mehr am Tatort waren, denn alles andere wäre unglaubwürdig gewesen. Jemand, der vom Wert der Vase weiß, würde sie nie versehentlich umstoßen. Ein unwissender Junge auf einem Schrottplatz schon. Und so geschah es dann ja auch. Die Vase ging zu Bruch und ich war schuld. Dummerweise, Mr Johnson, war Skinny zu diesem Zeitpunkt schon nicht mehr vor Ort. Und zwar vermutlich, weil meine Freunde Bob und Peter in diesem Moment den Schrottplatz erreichten und Skinny befürchtete, entdeckt zu werden. Die Vase zersprang also in tausend Scherben, aber die einzigen Zeugen, nämlich Peter, Bob und ich, bewahrten Stillschweigen darüber. Skinny, der das alles hätte beobachten sollen, war schon längst über alle Berge. Damit war Ihr Plan zerstört, ohne dass Sie es wussten.«

»Was redest du denn da, Junge!«, giftete James. »Du hältst die Vase doch in der Hand! Und sie ist offensichtlich *nicht* kaputt!«

»Selbstverständlich. Die, die kaputtging, war ja auch nicht echt.« Nun erzählte Justus von Mr Grogan und dem Replikat, das Johnson in Auftrag gegeben hatte.

James wurde zunächst blass vor Staunen, dann langsam immer zorniger. Wutschnaubend wandte er sich an Johnson. »Du mieser Verräter!«

»Da haben Sie recht, James, Mr Johnson hat Sie verraten«, sagte Justus. »Nützen wird Ihnen dieser Umstand leider nichts. Ins Gefängnis werden Sie beide wandern, schließlich waren Sie gleichermaßen an dem Einbruch bei Miss Leung beteiligt. Was mich allerdings noch brennend interessieren würde: Wie hängt eigentlich Prinz Eisenherz in dieser Geschichte mit drin? Das entzieht sich nämlich bedauerlicherweise bisher meiner Kenntnis, und ich konnte ihn leider nicht zu dieser kleinen Zusammenkunft einladen, da ich nicht mehr rechtzeitig herausgefunden habe, wer er ist.«

»Ich weiß nichts von einem Eisenherz!«, gab James wütend zurück.

»Das ist natürlich nicht der richtige Name«, sagte Justus. »Aber Sie wissen schon: leicht rundlich und mit einer Frisur wie … na ja, wie Prinz Eisenherz halt.«

»Ich glaube, er meint mich«, sagte eine Stimme von draußen.

Scherben bringen Glück

James wirbelte herum und richtete seine Waffe auf den Mann vor ihm. Doch der hielt ebenfalls eine Pistole in der Hand. Prinz Eisenherz.

»Wer sind Sie?«, zischte James.

»Sie … Sie kennen sich nicht?«, fragte Bob verwirrt und schluckte.

»Nein, wir kennen uns nicht«, stimmte Eisenherz zu, ohne James aus den Augen zu lassen. »Und ich lege auch keinen gesteigerten Wert auf eine nähere Bekanntschaft mit Ihnen. Jetzt legen Sie ganz langsam die Waffe weg!«

»Pah!«, rief James. »Wie käme ich dazu!«

»So eine Pistole ist sehr gefährlich. Und Sie haben sowieso keine Chance zu entkommen.«

»Mit Ihnen werde ich allemal fertig!«

»Mag sein. Aber ich bin nicht allein hier.«

»Und Sie glauben, auf den Bluff falle ich herein?«

Blitzschnell war James an Justus' Seite, ohne Prinz Eisenherz aus den Augen zu lassen. »Jetzt gib endlich das Ding her, Junge!«

»Nein. Ich werde sie fallen lassen!«

»Ach ja? Ich fürchte, dann werde ich auf diesen Mann dort schießen müssen, Dicker! Oder vielleicht auf einen deiner Freunde. Du darfst dir aussuchen, wer der

Glückliche ist! Also, her mit der Vase!« James war inzwischen ganz rot im Gesicht geworden und eine Ader an seinem Hals pulsierte dumpf. »Wird's bald!«

»Angesichts einer solch massiven Gewaltandrohung werde ich mich Ihrer Forderung beugen«, sagte Justus und streckte James die Vase entgegen.

»Sie machen einen großen Fehler!«, warnte Prinz Eisenherz.

»Das glaube ich kaum.« James hob die Waffe.

»Nein!«, schrie Peter, doch da knallte schon der Schuss.

Sekundenlang hielten alle den Atem an. Dann rieselte etwas Staub aus der Decke. James hatte in die Luft geschossen.

»Das war eine Warnung. Der nächste Schuss trifft! Treten Sie zur Seite!«

Widerwillig ging Eisenherz einen Schritt zurück und gab den Weg frei. James verließ den Schuppen, die Vase krampfhaft unter den Arm geklemmt.

Justus, Peter, Bob, Skinny, Mr Johnson und Prinz Eisenherz rührten sich nicht, da James immer noch die Waffe auf sie gerichtet hielt, während er rückwärts auf die Ausfahrt des Schrottplatzes zusteuerte. Dann zwängte er sich durch das immer noch angelehnte Tor und verschwand in der Nacht.

»Tja«, sagte Justus und wartete.

Keine fünf Sekunden, nachdem James außer Sichtweite war, heulten auf der Straße die Sirenen los. Die drei Detektive sahen das rot-blaue Flackern der Polizeiwagen. Das wütende Brüllen und Rufen der Polizisten hallte durch die Nacht. »Guter alter Inspektor Cotta«, sagte Bob lächelnd. »Er ist doch immer zur Stelle, wenn man ihn braucht!«

Tatsächlich hatten die Polizisten bereits seit Stunden in ihren Verstecken gelauert, nachdem Justus den Inspektor am Abend endlich erreicht und ihn über alles informiert hatte.

»Ihr kennt Cotta?«, fragte Prinz Eisenherz erstaunt.

»Sie auch?«, wunderte sich Peter.

»Allerdings. Er ist sozusagen ein Kollege.« Doch bevor Eisenherz das näher erläutern konnte, hallte plötzlich James' Stimme laut über alle anderen hinweg: »Bleiben Sie stehen oder ich lasse die Vase fallen!«

Justus lächelte. »Die Drohung kommt mir bekannt vor. Kommt, Kollegen, wir sehen mal, was da los ist! Behalten Sie die beiden hier im Auge!«, wandte er sich an Eisenherz und deutete auf Skinny und Mr Johnson.

Dann eilten die drei ??? zum Tor und auf die Straße. Nur ein paar Meter weiter war James von Polizisten umgeben, allen voran Inspektor Cotta. James hielt nach wie vor die Vase umklammert.

»Ah, gut, dass ihr kommt!«, rief Cotta und bedachte die drei mit einem verschmitzten Lächeln. »Wir haben hier ein kleines Problem. Diese Vase …«

»Ich werde sie fallen lassen!«, kreischte James.

Justus seufzte schwer. »Das tun Sie ja doch nicht. Sie ist viel zu wertvoll. Nehmen Sie ihn einfach fest, Inspektor, er blufft bestimmt nur.«

»Wenn du meinst, Justus.« Cotta gab seinen Kollegen einen Wink.

Sofort stürzten sie vor, ergriffen James und nahmen ihm die Waffe ab. James ließ den ›weißen Drachen‹ fallen. Die Vase zersprang in hundert Stücke.

»Neeeiiin!« Der Schrei war markerschütternd. Die drei Detektive drehten sich um. Hinter ihnen in der Toreinfahrt stand Mr Johnson, der von Prinz Eisenherz in Schach gehalten wurde, und starrte fassungslos auf den Scherbenhaufen. »Ihr Wahnsinnigen! Diese Vase … sie war ungeheuer wertvoll! Sie war ein einmaliges Kunstwerk!« Johnson brach fast in Tränen aus.

»Das war sie nicht«, widersprach Justus lakonisch.

Bob schüttelte den Kopf. »Mr Grogan hat noch zwei oder drei, wenn ich das richtig gesehen habe.«

»Aber …«

»Mr Johnson«, sagte Peter ruhig. »Die echte Ming-Vase ist immer noch in Ihrem Versteck im Lagerhaus. Bob und ich haben Sie zwar dabei beobachtet, wie Sie die Vase dorthin brachten, aber wir haben sie brav dort gelassen. Das erschien uns sicherer.«

»Sie fragten mich vorhin, ob ich Ihnen womöglich eine Falle gestellt habe, Mr Johnson«, sagte Justus. »Ich denke, ich kann Ihnen jetzt die Wahrheit sagen: Ja, habe ich.«

»Sagt mal, wo ist eigentlich Skinny?«, fragte Peter unvermittelt.

Prinz Eisenherz zuckte zusammen und blickte sich

hektisch um. »Er war doch eben noch bei mir! Ich habe Skinny und Johnson aus dem Schuppen geführt und sie nicht aus den Augen gelassen!«

»Offensichtlich doch«, meinte Justus.

»Weit kann er noch nicht sein«, meinte Inspektor Cotta. »Meine Leute werden ihn suchen.«

»Sparen Sie sich die Mühe, Inspektor. Skinny hat sich bedauerlicherweise nichts zuschulden kommen lassen.«

»Justus!«, rief Peter entsetzt. »Nichts zuschulden? Das ist ja wohl ein Scherz!«

»Ich fürchte nicht. Skinny hatte mit dem Diebstahl der Ming-Vase nichts zu tun. Er hat lediglich einen Auftrag für James erledigt, aber das war für sich genommen keine Straftat. Was bleibt, ist dreimaliges unbefugtes Betreten unseres Grundstücks, aber diese Tatbestände dürften höchstens als Ordnungswidrigkeit gelten.«

Peter wollte gerade zum Protest ansetzen, da erschien plötzlich noch jemand auf der Straße.

In einem hastig übergeworfenen Morgenmantel, mit Pantoffeln an den Füßen und mit zerzaustem Haar stand Tante Mathilda hinter ihnen. »Justus Jonas! Könntest du mir *bitte* erklären, was das alles zu bedeuten hat? Mr Johnson! Was machen Sie denn hier? Sie wollen doch nicht etwa heute Nacht mit Ihrer Verlobten bei uns einkaufen, oder? Himmel, ist das die Vase da auf der Straße? Herr Inspektor! Sie hier? Wenn ich das gewusst hätte, hätte ich mir natürlich etwas anders angezogen! Ich …« Hilflos blickte Tante Mathilda zu Justus. »Justus! Nun sag schon! Was geht hier vor?«

Lachend legte Justus seinen Arm um die Schulter seiner Tante. »Alles ist in bester Ordnung, Tante Mathilda, glaub mir!«

»In bester Ordnung? Herr Inspektor, bitten sagen Sie mir: Was mache ich nur falsch bei meinem Neffen, wenn er *das hier* ›in bester Ordnung‹ nennt?«

»Gar nichts, Mrs Jonas, davon bin ich überzeugt. Aber wenn ich einen Vorschlag machen darf: Schicken Sie ihn mal wieder ohne Nachtisch ins Bett. Das könnte helfen.«

Am nächsten Tag kam Inspektor Cotta erneut auf den Schrottplatz, um den drei Detektiven Bericht zu erstatten.

»Wir haben Mr Johnsons Wohnung und seine Verstecke durchsucht und sind nicht nur auf die Ming-Vase, sondern auch auf einen Teil der restlichen Sammlung gestoßen. Die Vasen sind schon auf ihrem Weg zurück zu Miss Leung, und ich bin sicher, die übrigen Stücke, die James sich angeeignet hatte, werden auch noch auftauchen.«

Justus nickte zufrieden.

»Was ist denn nun eigentlich das Geheimnis von Prinz Eisenherz?«, wollte Bob wissen. »Wer ist er?«

»›Prinz Eisenherz‹, wie du ihn nennst, Bob, heißt eigentlich Daniel Baker und ist Detektiv. Er hat sich darauf spezialisiert, gestohlene Kunstgegenstände ausfindig zu machen, wenn diese auf dem Kunstmarkt angeboten werden. Mr Burns, der Antiquitätenhändler aus

Santa Monica, wird bei seiner Arbeit bedauerlicherweise häufiger mit Diebesgut konfrontiert, deshalb arbeitet er schon seit Jahren mit Mr Baker zusammen.«

»Ich verstehe!«, rief Justus. »Mr Burns hat *uns* verdächtigt! Erinnert ihr euch? Als wir bei ihm waren, sprach er davon, dass ihm vor kurzer Zeit jemand Fotos einer Vase gezeigt hatte, die er an ihn verkaufen wollte. Das war Mr Johnson, der sich nach dem Wert des ›weißen Drachen‹ erkundigen wollte. Mr Burns ahnte, dass es da möglicherweise nicht mit rechten Dingen zuging. Als wir dann auch noch bei ihm auftauchten und nach der gleichen Vase fragten, verständigte er Prinz Eisen… ich meine natürlich Mr Baker, der daraufhin bei uns auftauchte.«

»Aber woher wusste Mr Burns denn, wer wir waren?«, fragte Bob irritiert. »Wir haben ihm doch nicht unsere Karte gegeben!«

»Nein!«, rief Justus. »Aber ich habe ihm beim Verlassen seines Ladens gesagt, dass Titus Jonas aus Rocky Beach mein Onkel ist, erinnert ihr euch?«

»Stimmt«, fiel es Bob wieder ein. »Deshalb hat Baker hier also herumgeschnüffelt und nach dem ›weißen Drachen‹ gefragt.«

»Genau«, fuhr Justus fort. »Und wir haben uns in seinen Augen natürlich sehr verdächtig benommen, Onkel Titus und Tante Mathilda ebenfalls. Onkel Titus stritt die Existenz der Vase ab, Tante Mathilda gab bereitwillig zu, dass es die Vase gab, sie aber bereits für jemand anderen bestimmt sei. In Bakers Augen muss es so ausgesehen haben, als wäre der ganze Schrottplatz ein einziges großes Lager für Hehlerware.«

Inspektor Cotta nickte. »Er rief bei meinen Kollegen an, als ich mein freies Wochenende hatte, und präsentierte seine sogenannten Beweise. Für Sergeant O'Callaghan reichte das aus, um eine Durchsuchung zu veranlassen, obwohl ihm eigentlich hätte klar sein müssen, dass es lediglich Indizien gewesen waren, die Baker gesammelt hatte, und noch längst keine Beweise. Auf der Suche nach echten Beweisen war er dann letzte Nacht erneut hier auf dem Schrottplatz und stolperte zufällig in eure kleine Zusammenkunft hinein.«

»Tja«, sagte Peter grinsend. »Nicht jeder, der sich Detektiv nennt, hat's auch wirklich drauf.«

Inspektor Cotta warf ihm einen tadelnden Blick zu. »Ich kann nur hoffen, dass das gerade ein verbaler Ausrutscher war, Peter Shaw. So viel Überheblichkeit steht euch nämlich gar nicht.«

»Schon gut, Inspektor Cotta«, sagte Justus beruhigend. »Wir sind lediglich froh, dass der Fall gelöst ist.«

»Fast gelöst«, knurrte Peter.

»Wieso, was fehlt denn noch?«, fragte Bob verständnislos.

»Na, Skinny! Der Kerl ist doch wirklich ungeschoren davongekommen, oder?«

»Das ist er in der Tat«, bestätigte Inspektor Cotta. »Es sei denn, dein Onkel und deine Tante wollen ihn wegen des unbefugten Betretens des Grundstücks tatsächlich anzeigen, Justus.«

»Ich glaube nicht«, meinte Justus und zuckte mit den Schultern. »Mitleid mit der Kreatur.«

Inspektor Cotta verabschiedete sich schon bald von den drei ???. Er war noch nicht ganz außer Sichtweite, als Peter sich schon die Hände rieb. »Na endlich!« Eilig ging er auf die Toreinfahrt zu, blieb nach ein paar Metern jedoch stehen und blickte irritiert zu Justus und Bob zurück. »Worauf wartet ihr? Kommt schon!«

»Wohin denn?«, wollte Justus verständnislos wissen.

»Na, wohin wohl? Auf zum Strand! Der Fall ist offiziell abgehakt! Wir sollten verschwinden, bevor schon wieder der nächste um die Ecke kommt und uns alles versaut!«

Bob wandte sich grinsend an den Ersten Detektiv: »Wo er recht hat, hat er recht.«

Zu ihrer Überraschung nickte Justus. »Wir sollten diesen freien Nachmittag nicht ungenutzt verstreichen lassen. Wer weiß, wann so etwas noch mal passiert!«

Lachend rannten sie los. Justus war wie immer der Langsamste. Deshalb waren Bob und Peter schon an der Verandatreppe vorbei, als Tante Mathilda sie herunterstieg, mit einem riesigen Tablett voller Teller und Tassen bewaffnet.

»Ist der Herr Inspektor schon weg?«, fragte sie. »So was Blödes, ich wollte ihn doch auf eine Tasse Kaffee –«

Justus, der gerade auf seine offenen Schnürsenkel geblickt und seine Tante nicht gesehen hatte, stieß frontal mit ihr zusammen. Mit lautem Getöse und in einer

Gischtwolke aus Kaffee flog das Tablett durch die Luft und landete klirrend im Staub. Drei der fünf weißblauen Tassen und vier der fünf weißblauen Teller gingen kaputt.

Die drei ??? blieben abrupt stehen. Justus biss sich auf die Unterlippe und blickte Tante Mathilda ängstlich in Erwartung eines Donnerwetters an.

Sekundenlang starrte sie auf die Scherben. Dann sah sie ihrem Neffen fest in die Augen – und fing an zu grinsen. »Dem Himmel sei Dank, jetzt ist dieses Service endlich kaputt! Ich konnte das Muster noch nie leiden. Bloß schade um den Kaffee!«

dtv junior

Ein neues Action-Abenteuer von der Autorin der ›Spione von Myers Holt‹

ISBN 978-3-423-**76153**-6
Auch als **eBook**

Auf der Flucht vor den Entführern seines Vaters, kommt der 12-jährige Parker einem gefährlichen Projekt namens SIX auf die Spur.

www.dtv.de